监狱长的女儿

THE WARDEN'S DAUGHTER

[美]
杰里·史宾尼利
|
著

袁秋婷
|
译

中信出版集团 | 北京

图书在版编目（CIP）数据

监狱长的女儿 /（美）杰里·史宾尼利著；袁秋婷译. -- 北京：中信出版社，2021.1（2022.7 重印）
书名原文：THE WARDEN' S DAUGHTER
ISBN 978-7-5217-2179-9

Ⅰ. ①监… Ⅱ. ①杰… ②袁… Ⅲ. ①儿童小说－长篇小说－美国－现代 Ⅳ. ① I712.84

中国版本图书馆 CIP 数据核字 (2020) 第 178606 号

监狱长的女儿

著　　者：[美] 杰里 · 史宾尼利
译　　者：袁秋婷
出版发行：中信出版集团股份有限公司
（北京市朝阳区惠新东街甲4号富盛大厦2座　邮编　100029）
承 印 者：北京中科印刷有限公司

开　　本：880mm × 1230mm　1/32　　印　　张：10.5　　字　　数：210千字
版　　次：2021年1月第1版　　印　　次：2022年7月第4次印刷
京权图字：01-2020-0952
书　　号：ISBN 978-7-5217-2179-9
定　　价：39.80元

致斯普林顿湖村

和

我的朋友安东尼·格雷科

凯米

2017

如今，这里成了一座鸟舍。

它曾经是一处监狱，汉考克郡监狱。

曾经，嘈杂的波普乐响彻一间间牢房，脏话从早到晚满天乱飞。如今，雀鸟、柳莺、红色唐纳雀，在玻璃隔间里，振翅拍翼，大展歌喉。

从前的静室，是为了让犯人们保持冷静而设立的。它安装了玻璃屋顶，有水流通过一个锡制手推车雕塑往静室的一个小池子中泄水。曾经，那里除了照料花草的工人，几乎无人踏足。如今，孩子们在这里玩耍。时而，蝴蝶停落肩头，他们便惊喜地大叫起来。

曾经，有两座操场——一个给男犯人用，一个给女犯人用。如今，两座操场并成了一座大花园，成了乌龟和孔雀流连漫步的天堂。花园里也有一条瀑布——与围墙等高！还有石子路、小池塘、睡莲、一英尺[①]长的金鱼。

偶尔，一只兀鹰从天而降，随心所欲地落在地面上。

若不是换了门口的牌子，这个地方从正面看去，多年未变：就像一座中世纪的城堡。高大、乌黑的石头墙，拱形的橡木门。还有高耸入云的瞭望塔、密集的垛口，以备战时

① 一英尺约为0.3米。——译者注

之需。

监狱的占地面积有一个城市街区那么大。监狱里，曾住着两百多名囚犯，男男女女，三教九流，有扒手，也有杀人犯。

这个监狱里，还曾住着一家人。

我们一家人。

我就是监狱长的女儿。

凯米

1959

1

监狱里的早餐时间。油炸玉米肉饼的香气，弥漫了整个空间，每早如此。

“我可以教你怎么弄，”她说，“很简单的。”

“我想要你给我弄。”我说。

“你都快长成大姑娘了。总有一天，你得自己弄。”

“你来弄，”我对她说，“我不管。”

她的名字叫艾洛达·帕科。她是监狱的一名囚犯，也是我家的管家，负责照看我家位于监狱入口楼上的公寓。洗刷，熨烫，洒扫，陪我玩，照顾我的生活。

这会儿，她正在帮我梳辫子。

“好了，”她说，“梳好了。”

我抗议道：“这就好了？”我不想她这么快就梳好。

“就你这么短的头发，能怎么梳？”她拽拽我的辫子说。

她说得没错。我想扎一个长长的马尾辫，可我的头发太短，只能用皮筋绕一圈，扎成一个小鬏。

我感到她准备离开我了。我猛地转身，说：“不要！”

她停下脚步，面向我，眉毛高高挑起：“不要？”

我不假思索，脱口而出：“我想扎丝带。”

她睁大眼睛。然后，她笑了，笑得停不下来。

她明白我的心思，我根本不是那种会在头发上扎丝带的女孩儿。我坐在吧台后的凳子上，穿着工装裤、黑白高帮帆布鞋和条纹T恤。旁边的凳子上，放着我的棒球手套。

待她终于停下来，她说：“丝带？扎在你这个加农炮弹纵火犯头上？”

“加农炮弹”是我的绰号。至于“纵火犯”……

两个月前，我们在学校里学习了本地土著乌纳米印第安人的历史。我从中受到启发，想以传统乌纳米人的方式生一堆火。也不知我这个六年级小学生当时脑子里在想什么，我竟然决定在我家的浴缸里生火。

一天，在放学回家的路上，我绕道去了铁轨和小溪边，收集所需的原材料：一块石英石、一个生锈的铁钉和一把从松树林里挖的干燥苔藓。我把它们统统放进浴缸，然后自己也爬了进去。

我在铺满苔藓的浴缸里，用石英石和铁钉相互敲打、摩擦。就在我的胳膊快要累断时，一缕烟从苔藓上升了起来。我轻吹一口气，一星火花出现了。“你在干什么？”艾洛达站在门口说。我抬头看了她一眼，接着，便大声尖叫起来——因为火花一下子变成了火焰，烧痛了我的大拇指。石头和铁钉“哐啷”砸在了陶瓷浴缸上。艾洛达拧开淋浴喷头，浇灭了火焰，也把我浑身上下淋得湿透。在我擦干身子、更换衣服时，她给我烧伤的地方涂了凡士林，贴上创可贴，并告诉我，别人若问起，就说是自己切西红柿时不小心划伤了。

艾洛达敲敲我的手，说：“让我看看。”

我给她看了。烧伤的地方现在只留下了一块淡红色的印痕。她双手紧紧捂住我的手，捂了好一会儿。

“第一法则？”她问。

“不再玩火。”我答。她每次给我换创可贴时，都让我复述一遍。直到现在，她还时不时地让我重复。

然后，她的手从我手上拿开了，但我仍可感受到她的关注。是她的眼睛。她意味深长地看着我，可直到多年以后，我才终于明白她眼神中的含义。

“听着啊，”她打破我的发呆，“如果你把头发留长到能编成三个麻花结，我就给你找一根丝带来。”

她又转身准备离开了。

我突然说：“你真幸运。”

她再次停下脚步。“是啊，我是幸运小姐嘛。”

“我是认真的，”我说，“你每天都可以吃到玉米肉饼。”

"你说得对，"她说，"所以我才决定住这儿。我超级爱吃玉米肉饼。"她说着，走开了。

"站住！"

她站住了。她背对着我，静静等待着。

"你不要走。"我对她说。

"我还要工作。"她走进了餐厅。

"我是你老板！"我大喊——话刚出口，我就后悔了，只好怯怯地加了一句，"当我老爸不在时。"

她肩膀微微侧转，回头看了我一眼。她居然没有生气。她叹了口气。"奥莱利小姐——"

我打断了她的话："我的名字叫凯米。"

"凯米小姐——"

"不！"我厉声道，"不要叫我小姐，叫我凯米就好。"她瞪了我一眼。"快叫。"她继续瞪着我。"求你了！"

这下她生气了。她以小到几乎听不见的声音，轻轻吐出了我的名字："凯米。"

她走开了。

那是6月中旬的一天，我十二岁那年暑假的第五天。那一天，我决定了，我一定要让艾洛达·帕科成为我的妈妈。

2

虽然那个时候我还不知道，但是这个决定其实早在一个月以前已经开始成形。在一个星期天。

母亲节那天。

和往年一样，这个节日开始于我和老爸一起开车前往小镇西边的河畔墓园。和往年一样，他把车停在草坪上，然后我们一起爬坡上山。我们在大树的右侧停下来，低头看向墓碑和墓碑上我们已经烂熟于心的文字：

安妮·维多利亚·奥莱利

1921年4月16日生

1947年2月3日卒

贤良之妻

慈爱之母

和往年一样，我把一瓶水仙花摆在墓碑前。和往年一样，我们站在那里，默默无言，直视着墓碑。

我没有什么关于母亲的记忆。她去世时，我尚在襁褓之中。她是为了救我，被一辆送奶卡车撞死的。

那是那年双厂镇最著名的一起事故。或许，在小镇整个历史上，也是数一数二的。我也因此成了镇上的名人——母亲舍命从送奶卡车下救回的女婴。老爸成了郡立监狱的监狱长之后，我更加出名了。

和往年一样，当老爸说“好”时，我就知道是时候与墓地道别了。我们回到车上，驾车离开。

接下来，我们总会去某个地方游玩。费城动物园、德拉瓦河游船、兰卡斯特、阿米什村马车游……这一年，我们去观看了一场费城人队的比赛。我们每年会看三四场棒球赛，通常是在星期天。我们还从未在母亲节当天看过比赛。

棒球场上，有人给在现场的母亲们赠送粉色康乃馨。我们坐在右外野[①]处，有很多界外球会落到这个位置。和往常一样，我带了一副棒球手套。我超级热爱棒球。但由于我是女孩儿，无法参加少年棒球联赛，所以我的第二大愿望，就是在某场职业棒球大赛上，接到一个漏网的界外球。

第七局中场时，人人都站了起来。不过，没有人的速度

① 棒球运动术语，位于整个棒球场扇形区域中，以本垒向外看，右边方向的外野区域。——译者注

比得过我。第七局伸展时间[①]，我向来是全场第一个起立的人，并为此而倍感自豪。我会确保自己充分地放松肩颈、拉伸后背。坐了那么久之后，肩颈和后背，难免僵硬难受。

然后，一件意想不到的事情发生了。

管风琴突然停止了演奏《带我去看棒球》。广播里，播音员说："女士们、先生们，请就座。"三万人重新坐下。然后，他说："大家都知道，今天是我们向天下母亲致敬的日子。"我身体微微一颤。"如果你把目光投向一垒的位置，你就会发现前排包厢里坐着我们费城人队棒球手的母亲和太太们。女士们，请你们站起来，好吗？"

前排的女人们站了起来，转过身，面向观众。她们每个人都笑容可掬地朝观众挥手致意。每个人都戴着一朵粉色康乃馨。体育场里掌声雷动，欢呼声、口哨声，不绝于耳。现场气氛如同有人击出本垒打时一般热烈。

接着，播音员又说："现在，我们有请在场的每一位母亲站起来，接受我们的爱与感谢，感谢你们为我们所做的一切。女士们……"人群中，仿佛起了一阵巨浪，成百上千的女人站了起来——年轻的、年老的，暴风雪般的一大片粉色康乃馨——所有人都沉浸在欢呼喝彩之中。

如果让我用文字描述那一刻的想法，当时我的第一反应

---

① 棒球比赛第七局中，球迷可以在这段时间起立进行伸展、唱歌等活动。——译者注

类似于：哇，这么多母亲啊，可没有一个是我的。这只是一个客观陈述，不带丝毫的感情色彩。

但紧接着，我的心就被触动了。

因为在我右手边，离我的肩膀只有几英寸的地方，一个人突然站了起来。之前，我根本没有注意到她的存在。她的低跟鞋洁白得耀眼，鞋头饰有一圈带金边的白色蝴蝶结和四个小洞洞，从小洞可以看到她的大脚趾。她的连衣裙是薄荷绿的。她雪白的手套，在腕部有细长的开口。

我鼓足勇气，抬头看向她的脸。我吃惊地发现，她并没有面带微笑，而是一脸自豪。然后，她忽然大笑起来，低头看向身边，一个小小的声音在说："嘿，妈咪！"

之后，现场的母亲重新落座了，比赛继续进行——我呢，眼睛竟一眨不眨地盯着她看得出了神，直到她转过头来，给了我一个大大的微笑。我从未见过如此灿烂的笑容。那一瞬，我恍惚觉得，我与这位素昧平生的陌生人，已经相识一辈子了。

接着，我号啕大哭起来。突然之间，毫无预兆，无缘无故。完全就像他们所说的，如左外野飞来的一个球，突如其来，猝不及防。我止不住地哭。她的笑容立马消失了，脸上的表情，近乎恐惧。她用一只戴着白手套的手，捂住鲜红色的唇。"哦，天哪。"她说。然后，爸爸伸出了胳膊，一把揽住我。他抱紧我，问我怎么了，是不是想走了。我哭着说："不要！"我拿拳头不停地捶砸棒球手套，直到流干最后一滴眼泪。

我们一直待到散场。一直到最后，我再也没有看过那位穿薄荷绿连衣裙的女士一眼，也没有一个界外球落到我们附近。

3

该如何请一位素昧平生的女士做我的母亲呢?

在过去的十二年里，对我而言，有爸爸就足够了。看看家庭照片和那张泛黄的报纸，就足够了。

当然，自从第一次听说那场事故起，我就不断想象着自己的母亲，安妮·奥莱利，那位从送奶卡车下救了我一命的女士。我为她哭泣，也为自己哭泣。有时候想起来会哭上一场。仅此而已。世道本就如此。其他小孩都有妈妈，唯有凯米·奥莱利没有。就是这个样子，没什么好说的。

可现在，母亲节过后的几个星期里，有些事情正在改变。放在以前足够的事儿，现在不再足够了。蛰伏已久的情感，因为棒球场上的一个微笑，被唤醒了，搅动了，最终它们幻化成一个清晰明确的想法：我已经受够了没妈的日子了，我想要一个妈妈。接着，又一个想法来了：既然没有亲生的妈妈，那我就找个替补来。

但是，谁呢?

某位老师吗？

下一位冲我微笑的女士吗？

突然，五个字出现在我的脑海。

4

“放到水池里。”

好，回顾一下前情……

学校放假的前一天，我们只上了半天课。一放学，我就飞奔回家，推开前门，跑上长长的扶梯，冲进我们监狱的公寓。我在餐桌前一屁股坐下。桌上，已经摆好了午餐：花生酱和果冻三明治，好味多巧克力纸杯蛋糕。还有一只空杯子——没有空多久一只手就出现了，往杯子里倒满了荣养乳业巧克力牛奶。

一只手——在我眼里，她向来不过是一只手而已。一直有那么一只手，给我端来这个，为我擦去那个。在没妈的日子里，我靠一双双手的伺候、照料长大。它们是一名又一名监狱女管家的手，是凯米监护人的手。爸爸白天工作时，就把我托付给了她们。这一双双手背后也有一张张脸和一个个名字，可在我看来，她们只是一双双手而已，一双双按照我的吩咐做事的手。通常，不用我吩咐，她们就把事情给做了——女仆们。

那天给我倒巧克力牛奶的手，是最近才出现的一双手。她和之前那一双双手相比，确实有一点不同。她有一个奇怪的名字：艾洛达·帕科。听起来像是漫画书里的人名。我问过爸爸这是不是她的真名，爸爸回答说是的。

艾洛达·帕科的手为我倒了一杯牛奶，我吃完了午餐，就站起来离开了桌子，就在我快走出餐厅时……

那件事突然发生了。

“放到水池里。”

我愣住了，大吃一惊。我认出这是那名女管家的声音，可我不确定她是在跟谁说话。

那声音再次响起：“放到水池里。”

我转过身。她正站在桌边，直直地看着我。毫无疑问，这话是对我说的。

“什么？”我说。

她又把话重复了一遍：“放到水池里。”

我听见了，而且每一个字都听明白了。可是，整句话连起来，却让我蒙了半天。

“什么放到水池里？”我问。在我看来，对她的话做出回应，已经算是给她面子了。我完全可以不理她，直接离开。

“你午餐用过的东西，”她说，“应该放进水池。”

她说的话，在我听来，全然陌生。真是破天荒了。我的任务，向来只是坐下、吃饭、起身、离开。收拾餐桌上剩下的东西，是她的任务。

“是啊，”我说，“那你就放呗。”

说着，我甩手离去。

暑假第一天，我骑了一下午自行车，庆祝自己从书本和考试中解放出来，重获自由。我从东区骑到北区，再到西区，穿过公园和动物园，想象着自己以每小时一百英里[①]的速度，从猴山上俯冲而下。

回到家时，艾洛达正在用吸尘器打扫客厅的地毯。我从餐厅经过，努力不去往里看，可还是忍不住瞄了一眼。我午餐用过的盘子、杯子、餐巾，竟然还在桌上。

到了五点钟，我又瞄了一眼：原封不动地，还在。而我爸通常六点左右到家。

现在，艾洛达·帕科随时可能走进厨房，为我们准备晚餐。她难道真的打算让我爸瞧见我午餐留下的烂摊子？她敢吗？

我一把抓起桌上的脏盘子，扔进厨房的水池，还故意搞出动静来。她在隔壁听见了，说：“最好顺手洗一下。我可不想用堆在水池里的脏盘子做晚饭。洗完了放架子上沥干。”

我又愣住了，呆呆地望向水池。可我眼前一片模糊，看

① 一英里约为1.6千米。——译者注

见的不是水池，而是自己举起杯子、盘子，狠狠砸向厨房的地面，砸了一地碎片。然后，我摆出一副女主人的姿态，说：“把那个给我放架子上，用人。”

不过，这大快人心的场景，终究只停留在了我的脑海里。我乖乖地洗了盘子，把它们放在架子上，然后气冲冲地回到自己的房间。

第二天，我没再给她任何抓我把柄的机会。我带着零花钱，去了中心商业街上的蓝鸦餐厅，在那里吃了早餐。吃的是玉米肉饼。午餐，也在那儿解决的。还是玉米肉饼。

第三天，我又像平日里那样，在厨房吧台上吃了早餐。吃完后，就把盘子扔在台子上不管了。我起身离开，等待她开口说点什么。可她什么也没说。

午餐时，我故技重演：吃完后，把脏盘子留在桌上就走了。这一回，我听到了。她只捏着嗓子说了一个词：“盘子。”

顷刻之间，我明白了那一天我为何要留在家里吃饭。我不单是在等待她说出那句话，我自己也渴望听见那句话。

我立马把盘子拿到水池，清洗干净后，放在沥水架上。我甚至还用湿抹布擦了一遍桌子。

第四天，吃过早餐和午餐后，我不用她督促，就主动收拾干净了。

为什么呢？

因为从她那句话中——“放到水池里”——我听到了这

十二年来，我一直在隐隐期待的声音。它并非来自父亲，而是来自一位女士，一位已经在我生活中取代了母亲位置的女士。好吧，的确，其他保姆也做过类似的事情，扮演过母亲的角色。然而这一位……这一位还做了别的事情，新鲜的事情。这一位说了妈妈才会说的话，而且是对我说的。忽然之间，童年早已过半的我，似乎被赐予了一个从不敢奢望的机会，成为另一个自己：一个母亲的女儿。

我要抓住机会。

这就是我的做事风格：雷厉风行。如果你敢拦我，那你可得小心了。我的同学们早已摸清了我的脾气。第一学年还没结束，他们就给我取了一个绰号：加农炮弹。

所以，第二天一大早，这位保姆就收到了一个新任务。

“我想扎个辫子。”我告诉她。

这句话说出口，我自己都感到好笑，因为扎辫子是女孩的事儿，而我是个十足的假小子。但我已经决定了，扎头发是建立起母女之间亲密关系的绝好机会。尽管艾洛达·帕科百般不情愿，我依然不气馁。我要一点一点地做她的工作，一点一点地把她磨服。我要把她变成我的妈妈。当她吩咐加农炮弹凯米去洗盘子时，她一定没料到，事情会变成什么样子。

5

在砸门声响起之前，我已经听见台阶上的脚步声了。我飞快地跑去开门，可是门怎么也推不开。原来，我又忘了先拉开杆锁。那把巨大的杆锁是为了保护我们免受一些疯狂的、有攻击性的囚犯的侵害——连金刚都可以被挡在门外。我把铁杆拉开，把我最好的朋友雷吉·温斯坦迎进了门。

雷吉拥有我没有的一切。她漂亮，会打扮，而且胸部已经发育。这已经够要命了。可当她噘着涂了口红的嘴唇，冲你绽放出一个电力十足的微笑时，砰，仿佛马克卡车逆火轰燃了似的，你会禁不住连连后退。她拿着一张45转唱片在我面前晃了晃。“瞧瞧！”她尖叫道。

我读了一下上面的标签：

RCA VICTOR出品

埃尔维斯·普雷斯利

我想你，我需要你，我爱你

接着，我俩开始尖叫，蹦跳……接着，这张唱片被放进了我的45转唱片机……接着，我们开始围绕着餐桌，围绕着正在打扫卫生的艾洛达，跳起华尔兹，互相挤眉弄眼地唱着：“我想你！我需要你！我啊啊爱你！全心全意——”还模仿猫王最爱的唱腔，把最后一个字的音拖了老长。

我们号叫着，一屁股瘫坐在了地毯上。艾洛达绕过我们，走出房间，随手关上了那扇巨大的橡木门，把我俩锁在里面。我们仰躺在地上，渐渐没了气力，咯咯轻笑起来。

雷吉抽抽鼻子，扮了个鬼脸。“我讨厌这里的气味，充满一种惩罚的味道。我判你吃三年玉米肉饼。”

我长长地吸了一口气，做出一脸陶醉的样子。“我是准备从满十八岁那天起，就开始天天吃玉米肉饼。可以的话，吃一辈子才好呢。”

“滚，别在我面前吃。”她戳了我一下，“转过去，让我瞧瞧。”

我转过头。她扯了扯我的小辫儿。“才编了一个结，”她说，“可怜。谁帮你梳的？狱长大人吗？”

“艾洛达。”

“那个女仆啊。”我可以感觉到她在用手指检查艾洛达的手艺。“还不错嘛。就是太短了，看起来笨笨的。扎个丝带，应该会好些。”

“等我头发再留长点，可以编成三个结时，我再扎。”

她夸张地叹了口气。“惨不忍睹啊。”她拍了拍我的背，“脸转过来。”

我照做了。从没有哪个医生像她这般仔细地端详过我的脸。雷吉有一个任务：在我们升入斯图尔特中学之前，把我改造成一名淑女。她哼了哼鼻子，绝望地摇摇头，说：“你的眼睛简直就是个败笔，但这并不意味着你的嘴唇和肤色就值得夸耀了。你知道最惨的是什么？”

“什么？”我问。

“即便我们把一切——头发、眼睛、嘴巴都搞定了，还有鼻子。”她用手指狠狠地挤了一下我的鼻子。

“哎哟！”我痛得大叫。

她松开手。“瞧见了吗？它立马又变回原样了，扁扁的。这我可无能为力。”

“你可以帮我打点粉底修饰一下嘛。”我说，试图让这一切听上去没那么惨。

她没有被我的话逗笑，而是指着我贴了创可贴的大拇指说：“这个一点也不酷，让你看上去像个野小子。”

“我本来就是个野小子嘛。”我提醒她道。

她做了一个抬眼仰望苍天的动作，说：“救救我吧。”

她又从脚到头，把我瞅了个遍，然后还是摇了摇头。她表情痛苦。我突然感觉很糟糕，因为她的痛苦，是拜我所赐。

最后，她问：“我们什么时候开学？”

“劳动节过后那天。”我说。

她点点头。“好吧，我们只有这么多时间了。”

我们又把《我想你，我需要你，我爱你》播放了不下二十遍，直到雷吉关上唱片机，说：“好啦，我准备好去见杀人犯了。”

6

“我不会带你去见杀人犯的。”我打开后门时，对她说。

“过失杀人的也行。”她满怀期待地说。

“我们去关女犯人的院子。”我说。

“我要看男人，男杀人犯。”

“得了吧。他不允许我们靠近他们。”

“谁啊？”

“你说还能是谁？”

“我讨厌狱长大人。”她噘着嘴说，“他把监狱搞得死气沉沉的，一点劲儿都没有了。”

“你该庆幸他让你参观。”我告诉她。

在那天之前，所有来找我玩的小伙伴，都只能待在公寓里活动。前一晚，老爸破天荒地答应我，我在每日“例巡”时带上雷吉——我每天都会去牢里走一趟，隔着铁窗，和犯人说说话。我领着雷吉走下外梯，来到后院。

雷吉在铁丝网围栏外站住不动了。这道铁丝网，将我家后院与女犯人的活动场地隔开。她看起来就像一个走进了动物园的孩子。“哇！”她惊叹道。

监狱里的女犯人，向来不超过三十名。（她们都不是杀人犯。男犯人中，倒有几个是杀过人的。）这些女人，大多只在灰扑扑的场地上闲逛，聊聊天，散散步。个别几个坐在阴凉处，背靠石头墙。那道石头墙，将女犯人的操场和男犯人的操场隔开。远处，两个女人正在打羽毛球。她们中间没有球网。

她们都穿着一模一样的衣服：松松垮垮的牛仔布裙。其实称不上裙子，完全就是布袋嘛，连个兜也没有。

放眼望去，你会发现，操场上到处有人在互相点烟——香烟亲吻着香烟。我父亲知道“他的人”——他就是这么称呼他们的——多么渴望抽上一根烟。但他又害怕他们手里有了火柴，会惹出祸事来。于是，他想出了一个解决方案：每天，犯人们，不论男女，到操场上放风时，可以由一名狱警给其中的一名犯人点烟。接下来，其他人就只能把烟头对准别人已经点着的烟，互相借火了。操场上，几乎每个人嘴里都衔了一根烟，手上还拿着一包香烟。连那两个打羽毛球的，也不例外。几乎每个人抽的都是沙龙牌香烟。

大部分女犯人都是白人。皮肤苍白无光，就像波诺莫香草味土耳其太妃糖的颜色。然而她们中有一个人下定决心改变这个状况。

狄娜是因为盗用了发给退休牧师的教区基金而被关进来的。她这会儿正仰躺在一块浴巾上，在操场西边的墙角晒太阳。她把裙子掀起来，露出苍白的膝盖，并用蛋形黑色塑料杯盖住眼睛。她每天雷打不动地占据着那个位置。

博博是女犯人里个子最大、嗓门儿最大的。监狱里一共有六名黑人女囚，博博是其中之一。博博是小偷。可我一直不太敢相信，因为她的形象和轻捷、灵敏毫不沾边。隔着老远，就听到她响亮的招呼声——“你好啊，凯米小姐！”——她像一只巨大的牛仔布沙滩排球，从操场另一边向我们滚来。她羊毛卷儿似的头发，在脑袋上支棱着，活像头上有火山爆发了一次。这让本就身形魁梧的她显得更加高大了，起码增高了一尺。

正是因为看见了操场上的这一切，雷吉才忍不住发出一声惊叹：“哇！”

博博走到我们跟前，铁丝网被她巨大的身形压向我们这边。十根长长的涂了鲜红指甲油的手指，从铁丝网后边戳了出来。

“你好，博博。”我说。

“凯米小姐，这位是谁呢？”她问。

“她是我的朋友雷吉。雷吉，这位是博博。”

“我是她最好的朋友。”雷吉指正道。

博博眉开眼笑地说：“很高兴认识你，你就叫我博吧。”她大笑着把一根手指从铁丝网后伸了过来：“我是商店扒手。”

雷吉犹豫了片刻，然后也伸出手指，钩了钩博博的指头。博博又笑了。她是我见过的最阳光、最开朗的人。

突然，博博陷入沉思。“雷吉……这不是男孩子的名字吗？我有一个表弟也叫雷吉。”

她朝瞭望塔上值班的狱警挥挥手：“吉姆！你看这位像男孩儿吗？”

水绿色超短裤，银闪闪的凉鞋，染成水绿色的脚指甲，黑色丝绸衬衫——雷吉身上的一切，似乎都在大喊着：十七岁！除了她的眼睛，那对博博流露出崇拜之情的眼睛似乎在说：她还是个小女孩，见到博博就像过圣诞节一般。

吉姆·卡里拉——在瞭望塔上值白班的守卫，从远处挥了挥手，但没有回答她的问题。

另一个站在博博背后的黑人女囚说：“还好那帮男人没看见她。”

一阵阵喊叫声从隔离墙那侧传来。男犯人们正在打棒球。

博博从烟盒子里抖出一根沙龙牌香烟，通过铁丝网眼递给雷吉。“抽吗？”

雷吉目瞪口呆地顿了一秒，然后接过来，说：“谢了。”

我拍了一下她的手，说：“别在我们监狱里抽烟。”博博听了又大笑了起来。

突然，操场另一头起了一阵骚动。那对打羽毛球的女犯人——海伦和特莎吵了起来。

“你干什么？”

“你说我在干什么？”

“那是我们唯一的一只球了。”

“那就去把它找回来！”

特莎把羽毛球击飞了，球飞到了院子的围墙外。

“你个蠢材！”

“说谁蠢呢，啊？”

特莎一激动，把自己的羽毛球拍也扔出了高墙外。海伦手握球拍，向特莎一步步逼近。她握拍的姿势，就像握着一根棍棒似的。

特莎刮了下鼻子，往地上擤了一把鼻涕，她握起拳头说：“来啊！来啊！”

操场上顿时鸦雀无声。

“老天爷，”我吼道，“喂！都给我住手，你们俩！我去给你们捡球！”我拽了拽雷吉的手说：“走吧。”

7

我俩冲上楼后的外梯，穿过我家公寓，出了铁栅门，走下门前的台阶，走出监狱大门，来到艾瑞大街上。这时，雷吉突然喊道："停！"她甩开我的手，然后摆摆手，示意我继续："你快去，我慢慢走。"

我毫不意外。她自从变漂亮之后，就再也不愿意跑动或流汗了。

我飞奔着穿过监狱和市政厅之间的小巷子——那条小巷和监狱高高的石头围墙一样长。在绕过拐角，进入马歇尔大街前，我已经听见了街上传来的阵阵兴奋的尖叫声。一群小孩儿正慌忙逃向眼科诊所和汉考克郡动物保护协会之间的停车场。

一分钟后，经过一番抢斗，一个小孩子站了出来，手中高举一只灰色的线球，得意地来回摇晃着，好像他刚刚从康尼·麦克体育场的左外野看台捡到了一个界外球似的。

监狱里的许多男人都在干编织地毯这种手工活儿。剩下的毛线，他们便织成棒球或线球自己玩儿。一放学，整个街区的男孩们就像秃鹰般蹲守在马歇尔大街上，等待从监狱的高墙内飞出一只球，他们再一把接住，如同打出了一次全垒打。

一个年纪更小的孩子紧紧攥着特莎的羽毛球拍。

我指指他手中的球拍，说："这个给我，好吗？"

小孩一听立马拉下脸。他只有五六岁的样子。"这是我的了。"他说。

"这是监狱的东西。"我说。

他把球拍藏在身后，说："可它自己飞出来了。"

有人在一旁说："别给她，穆奇。"

穆奇朝我吐了吐舌头。

然后，一个声音在我背后响起："拿着，穆奇。我跟你换。"

是一个骑着奶油绿色路霸摩托车的少年。他戴着费城人队的红色球帽，眼睛被帽檐遮住了。他手里拿着一张棒球卡。

一个大孩子叫起来："谁的卡？"

"曼托的。"路霸少年答道。他的车把上挂着一只内野手的手套。

"你撒谎。"有人说。

少年举起卡片，让所有人看个清楚。没错，卡片上确实是米奇·曼托。有人惊得倒吸一口气，有人吹起口哨来。

另一个孩子插嘴道："我给你……等一下！"他摸摸自

己的口袋，数了一遍兜里的零钱，“八十四美分。”

“这是给穆奇的，”路霸少年说，“如果他愿意拿球拍交换。”

这时雷吉才不慌不忙地赶到。

拿着线球的男孩一把夺过穆奇手中的球拍，递给路霸少年，说：“他愿意换。”他看起来像年长版的穆奇。穆奇一听，号啕大哭起来。

路霸少年粲然一笑，接过球拍，递上米奇·曼托棒球卡。这张卡片在穆奇手里停留了不过三秒，就被他的大哥一把夺了过去。“我替他收着。”他说。穆奇大喊大叫着，想踹他哥哥，其他小孩看了，忍不住大笑起来。

“我猜，这个也是你要找的，对吗？”路霸少年对我说。他把一只羽毛球举到我面前。

我接过羽毛球，接过球拍。“谢谢。”我说完便扭头跑了。

待我带着羽毛球和球拍归来，女犯人们爆发出了一阵热烈的欢呼声。

特莎来到铁丝网这边。“凯米小姐，快把它扔过来吧。”她说。

“什么？”我说，“你俩还要重来一遍吗？”

特莎讪讪一笑。“刚才那没啥，凯米小姐。我们俩又和好了。”她把海伦也拉到铁丝网边，然后一只胳膊搭在海伦肩头，说，“是吧，海伦？”

海伦不情愿地“嗯”了一声。

“明天再还给你们。”我说。

特莎哀号道：“哦，不要啊——”

我竖起一根手指。特莎乖乖闭了嘴。她和所有人一样心知肚明：监狱长的女儿拥有和监狱长同等的权威。这是监狱里一条不成文的规定，虽然从未有人道破言明，但在女囚操场上，人人都听我的。“特莎，”我说，“你还挺有脾气。”

操场上一阵哄笑。博博大喊：“凯米小姐，你做得对！”

连特莎也忍不住哈哈笑了。可她还是没法闭上自己那张嘴：“但是，凯米小姐——”

我手指头一竖，大家都安静了下来。

“特莎，狱长大人已经没收了你的球网。你是不是想让他把你的球拍也收走？这样你就可以用手当球拍来打球了？”

她朝我撅屁股瞪眼睛——我喜欢特莎，在她身上，我看见了自己。

我哼哼鼻子，说：“所以你是不答应喽。瞧着，我准备这么办，我会把它们放在这里。”我把球拍和球放到地上，并用平静的语气慢慢跟她讲话。这一招，是跟我爸学来的。“这样你就可以一直看着它们，想着它们，直到明天。”我看了看她，灰褐色的短发垂落在脸庞，遮住了她那张瘦削、苍白的脸，“好吗？”

我并不是在询问她的意见。讲完这番话，我就转过身，大摇大摆地离开了。身后，女囚们爆发出热烈的欢呼声和掌声。

我是从马歇尔大街一路狂奔着赶回来的。这会儿，雷吉才终于赶到。她站在楼梯上，只下了一半的台阶。我走近她的时候，她目瞪口呆地看着我，说："哇，你……"

"欢迎来到我的世界。"我说。

"你没在胡闹吧？"

"你知道她们在背后叫我啥吗？"我说。

"啥？"

"小狱长。"

她正爬着楼梯，就快到顶了，听我这么一说，立马站住了："所以，这到底……算好还是不好呢？"

我笑了。"当然是好了。这可是一种荣誉呢，她们都很喜欢我。"

回到公寓，空气中仍残留着玉米肉饼的香气。雷吉沾湿指尖，描过我的眉毛。

"我想，还有一个人也喜欢上你了。"

"谁？"我说着拍开她的手。

"那个骑摩托车的少年！他一直在看你。"

"那有啥，"我一边说，一边暗暗希望自己不要脸红，"他在和我说话，他不看我，还能看谁？"

"我啊，"她不以为然地说，"可他一眼也没看我。"

8

每星期一，卡尔都会赶在艾洛达把晚餐端上桌之前，给我送来一份甜点。卡尔是监狱里的面包师。他之前在军队做过烘焙师，还当上了军士长。他之所以进监狱，是因为入室盗窃。但在我眼里，他就是我御用的糕点师。他会给他的每一件得意之作取名字：桃之夭夭、十分樱桃、柠檬风暴、巧克力奶油梦……他的作品，从未令我失望。

我坐下来，享用每星期一晚餐前这道带有仪式感的甜点。我满怀爱意地切开我的派——这周是蓝莓碎碎——把它切成大小一致的七块。其中六块，我放进了冰箱；剩下的一块，摆在餐盘里。谁也别想动我这块，除非他活腻歪了。谢天谢地，我老爸不会和我抢。比起派，他更爱吃蛋糕。

这天的晚餐是瑞士风味牛排、土豆泥和豆子。我用勺子在土豆泥上压了一个坑，再在里面浇满牛排的肉汁，形成一个褐色的小洼。这些天来，我一直在想一件事，这会儿忍不住脱口而出："我想要操场大门的钥匙。"

父亲瞪大眼睛看向我，然后眨了眨眼。我就喜欢看他猝不及防的样了。“真的假的？你要钥匙干什么？”

“爸爸，你一直在讲，他们并不危险。不然，你也不会允许我去后院，那里可是和他们只有一道铁丝网之隔。”

他点点头说：“这倒不假。但这并不意味着我想让你去那儿。那毕竟是他们的院子。”

“爸爸——”我跳起来，跑到自己的房间，取来新一期的《改邪归正》。这是一本月刊，专门给监狱管理者看的。我翻开杂志，啪地拍在他面前的桌子上，说：“看。”

那是一篇长达两页的报道，配图是一群囚犯，每人有一只小狗相伴。标题是：

宠物：维持和平的功臣

爸爸通读了一遍。

“它们可以帮助犯人们保持平静，减轻压力。这样，你的麻烦就少了。这也是你一直在跟我讲的。”

他合上杂志，说：“你想让我弄一批狗崽进来吗？”

我拍拍胸脯（样子估计挺夸张的），说：“我想让你送我进去。”

他笑了笑，不以为然地哼哼鼻子，继续吃起他的瑞士牛排：“我想还是算了。”

我凑到他跟前说：“老爸，如果狗能够让犯人们心情愉快……"

"不惹麻烦。"

"对的，不惹麻烦。如果狗都能做到这一点，想象一下，人能够做到什么程度，尤其是一个对的人。"

"你还只是个小孩儿。"

哈！他一不小心落入了我的圈套。"没错！我是个小孩！所以，犯人们更加觉得我可爱、弱小、无辜——像个小宠物。"

"你想当监狱的宠物？我的女儿想当监狱里的七喜小子？"

我实在忍不住，哈哈大笑了起来。他真讨厌，我一本正经讲的话，到他嘴里就成了搞笑。回回如此。

我憋住笑，说："哪儿有！人家只是想帮忙嘛。"

他抬头看了我一眼。"我知道。"他说。从他的眼神中，我看见了——他确实知道，虽然我不愿承认。

"他们喜欢我。"我告诉他，"我会给他们带来正面、积极的影响。会让他们每天有所期待。而且，现在正值夏天。炎热意味着压力和麻烦。"

"别在我眼前晃来晃去。"他说，"坐下来，好好吃饭。"

我乖乖坐下了。

他放下叉子，看着我说："你以为我给他们增加一小时放风时间，给他们吃好喝好，还修建了一处静室，是为了什么？”

静室——爸爸将之视为他的杰作。静室装了玻璃天花板，如同一间温室。里面栽种了各式绿植，甚至小树。最大的亮点是一条微型瀑布从一个锡制手推车雕塑倾泻而下，注入一方绿植环绕的水池。建造静室的初衷，是为犯人打造一座庇护所，一个治愈心灵的地方。

若非清楚他心中所想，我断然不会说出下面这句话：“爸爸，可那儿没人去啊。”

他并不反驳：“要给它时间。”

“不，”我说，“要给我时间。”

他用叉子指着我：“好好吃你的饭。”

我也用叉子指指他：“我的话，你还没听完呢。”

他眼角含笑：“好好吃饭吧。”

那些日子里，和狱长大人一起吃饭时，我一般处在两种模式中：要么情绪激动地争论不休，要么闷闷不乐地一言不发。这一回，我已经情绪亢奋起来，没法再沉默回去。于是，我换了一个话题。“好吧，那么，”我直截了当地问，“她犯过什么事？”

果然，如我所料，他装作不知道我在说什么。“谁？什么？”

“别装了，老爸，”我冷笑道，“你那演技也太烂了。你知道我在说什么，也清楚我指的是谁。”

他的确知道，一清二楚。“谁”指的是艾洛达·帕科。

“什么”指的是她犯了什么法，怎么进的监狱。这个问题，我已问过他无数次。

他回答道：“她的过往，不关你的事。”

“老爸！所有人的事，我都关心，也都了解。博博是个商店扒手，卡尔是入室盗窃犯，特莎是酒鬼。”

他边剔牙边说：“是的，那是以前。他们正在接受改造，正在变好。”

我笑了。“老爸，你是说博博吗？她有变好吗？说她感冒变好了，还差不多。”

他咧嘴一笑：“好吧，博博不算。”

“所以说——你看见了吗？他们每个人的事儿，我都知道。”

“那是因为他们喜欢多嘴。”

“那他们也是对着我多嘴。他们隔着铁丝网，什么话都对我讲了。”

“好啊。”他点点头，“那你自己去问她呗。”

“我问过，她不肯说。”

他耸耸肩：“那我也不会说。”

我警告他：“那么往后的日子，我就天天拿这个问题烦你。这就是你想要的吗？”

他似乎无所谓：“随便你。”

操场大门的钥匙？第一击。

艾洛达的案底？第二击。

我快要被三振出局了。第三击，我孤注一掷。

“我想吃玉米肉饼。”我说。

“猪鼻子。”他说。

“玉米肉饼。”

“猪鼻子。”

他只需重复这三个字。过去几年间，我向他讨要玉米肉饼已不下一百次。他每次都回答说玉米肉饼是用猪鼻子肉做的（是的——可那里边也添加了许多其他食材），他才不愿自己的女儿一大早吃一肚子猪鼻子，而不是麦片。

“我又不要求一周七天，天天吃，”我跟他讲道理，“只要三天。”

“猪鼻子。”他说。

“太煎熬了！”我哀诉道，“成天闻着这味道。”

“那就拿个衣夹，夹住鼻子。”

“我可以去蓝鸦餐厅，用自己的钱买。他们家全天供应早点。反正我可以做到，想吃随时去吃。”

“去吧，随便。”他说。

“我会去的。”我说。事实上，我已经去吃过了，但花了我不少零花钱。

然后，他做了一件不可饶恕之事：他把我逗笑了。他说：“至少，我知道你变成胖猪，不是我的过错。”

我突然笑出声来，鼻涕都给笑喷了。我赶紧用餐巾捂住嘴，并转过头去，让他看不见我的脸。他难道不知道逗我发笑是他所能做到的最过分的事吗?

更别提让我三振出局了!

我啪地扔下叉子。“我走了。”我站起来，离开餐桌，可还没走到我那台RCA VICTOR落地式收音机跟前，就听见他说:

“卡米尔[1]。”

我停住脚步。

“把饭吃完。”

我回到桌前，两分钟之内解决掉了晚饭。全程没有看他，也没有说话。

他装作漫不经心的样子，继续喝着他的咖啡，翻看起《改邪归正》杂志。可他再怎么装，也骗不了我。我知道，他最讨厌冷战。

不过，这也绝非我唯一的武器。

我清理了盘子。我的意思是，舔了个干净。我把盘子举到脸前，把残渣舔得一干二净。他假装没看见。我站起身来，再次离开餐桌。他开口了，我就知道他忍不住要说:“你忘记你的派了。”

我才不接招呢。“你吃吧。”我扭头对他说。

说着，我气冲冲地走出大门，爬上“死亡之塔”。

---

① 卡米尔是凯米的昵称。——译者注

9

有的小孩拥有自己的树屋，有的小孩拥有自己的藏身处，而我所拥有的，是一座死亡之塔。

我从小就这么称呼它。多么幸运！我住在一栋有着百年历史的老房子里——监狱建于1851年——外形酷似诺曼城堡。死亡之塔，是整座房子里最棒的地方。昏暗，阴郁，只有一盏孤灯，掷下可怖的阴影。

更小的时候，我喜欢一边爬着咯吱作响的楼梯，一边津津有味地幻想中世纪的场景。顶楼的房间是圆形的，古时作战的垛口，如今改作了窗户。我趴在窗口，假装拉开弓箭，朝袭击城堡的敌军发射燃烧的箭矢。我端起一锅又一锅沸腾的焦油，往敌人头顶泼洒，他们被烫得哇哇大叫，哀号声不绝于耳。

在这充满烟熏肉味的房间里，很容易让人联想到古战场厮杀的场景。我头顶的天花板上悬挂了十二条进口萨拉米香肠。它们又硬，又黑，又长，还可怕地扭曲着，让我不禁想起地狱里怪兽被砍断的足。这些香肠来自意大利。迪伦佐超市的老板每年给郡里交纳一笔钱，把香肠存储在这间我称作“萨拉米香肠房”的屋子里。

随着年纪渐长，这座塔在我眼中却变成了另一番样子。角落里静静躺着的刽子手的套索，除了让我觉得有趣，也让我产生了别的想法。问题，犹如发霉的绳索上泛起的灰尘，在我心中升腾而起：这套索，有人用过吗？如果有，那又是套上了谁的脖子呢？死亡来得快，还是慢？围观的人群中，有他的家人吗？有他的孩子吗？

几十年过去了，许多其他物品，也被岁月的浪潮洗刷进了这间阁楼：一个木柜子，存放着监狱过去一个世纪的档案；几盏煤油灯；一只旧瓷盥洗盆；一块写着“禁止随地吐痰”的标牌；一个镀锌的洗衣盆，里面塞满了犯人手工做的布娃娃，娃娃的头发是用纱线做的，同一种纱线也被犯人们用来制作地毯和线球。

我向窗外望去。入侵城堡的千军万马，已随往昔的童年时光，消失得无影无踪。如今，透过那垛口改造的朝南窗户，我只看见双厂镇的一排排屋顶在暮色中闪着微光。它们顺着繁华的中心商业街，一路向下沉斜。再往低处，是火车站那一长排红瓦屋顶。一辆红色的宾州铁路电车，正从车站缓缓驶出，往费城驶去。更远处，是一条河。河上，一条普惠电车栈桥将我们的小镇与河对岸的桥港市，穿针引线似的连接起来。

我右手边的垛口窗，朝向西方和一轮下沉的夕阳。我一如既往地被它深深吸引着。因为，从这个位置看出去，我可以看见那个街角。好吧，其实应该说是感觉到：棋盘似的屋顶之间的空隙意味着街道。橡树街，樱桃街，橡树和樱桃街……

那个街角。

在那儿，母亲轻轻地把小推车推下人行道，推到马路上——小推车里边，尚在襁褓中的我被裹得严严实实的，像个小公主（这是我一直以来的想象）。

随后，她也走下人行道。时间是1947年2月3日，星期一早上的十点十五分左右……

正在那时，一辆萨普利牛奶公司的送奶卡车，拐过街角……

卡车撞上了我的母亲，令她当即毙命。她在失去意识之前，把小推车奋力推了出去，以至于推车撞上对街的马路牙子时，我被撞飞了，最后降落在了西橡树街203号门前的人行道——由于裹得厚实，我竟毫发无伤……

牛奶从碎玻璃瓶淌了出来，淌至路边的排水沟，又顺着排水沟流下山坡，形成一条白色的小溪，汇入史东尼河。

我站在西边的窗口，忍住不向窗外张望。每次，想到那个街角，我都忍不住想哭。然而，今天晚上，我不想哭。我只想发怒，对着我爸，对着全世界。

所以，我在萨拉米香肠房里踱来踱去，抓起刽子手的套索，套在自己的脖子上，假装要上吊，想吓唬吓唬他。

我把萨拉米香肠当沙袋捶砸，我抓起那些傻里傻气的布娃娃纱线做成的头发，把它们扔向墙壁。

我听见了歌声，小理查德在尖声唱着《高个子莎莉》。

我回到南边的垛口窗。虽然为了防止萨拉米香肠受潮，窗户已封死，但艾瑞大街上的声音还是很容易透进来。一辆加长版红色敞篷车正从楼下经过。车里仿佛挤了半个班级的学生。这些高中生无忧无虑，正玩得高兴。车上的收音机音量开到了最大。待播放到了最有名的那句，所有人，包括司机，都高高举起手，跟着小理查德，一道唱起来："……他躲进了巷子里！"

我对着红色敞篷车，对着小镇，对着河流，对着桥港市，对着墨西哥湾，发出了无声的尖叫。

然后，我哭了。虽然此时此刻，我并没有站在西窗边。我用力踹墙，因为又一次，我心中的愤怒被悲伤取代了，尽管我那么努力地在保持愤怒。

我退回到存放档案的木柜边。

别的孩子们都在读《神探南茜》和《哈迪男孩》，而我则沉醉于监狱重犯的个人历史之中。年代最久远的一份档案，记录的是一个名叫艾伯特·哈弗斯塔克的犯人。日期为1853年9月的某天。根据记载，艾伯特·哈弗斯塔克之所以进监狱，是因为"长期习惯性地偷盗一头奶牛的奶"。奶牛名叫艾瑟儿，奶牛的主人是一位叫A.贝奇托尔德的农民。

但这一天，我对艾伯特·哈弗斯塔克不感兴趣，对其他犯人也不感兴趣。让我感兴趣的，只有一个人：托马斯·布朗恩。我抽出他的档案，然后背靠墙，坐在地上。萨拉米香肠房，纯毛坯，无装饰，和我一样没有伪装。它的圆弧墙，其实就是你从外边看见的那些石头的内壁。即便是夏天，萨拉米香肠房里也很阴凉。

托马斯·布朗恩的档案，始于1870年。他的罪名是“单纯的失控”。正是这几个字，吸引了我的注意。我查过“失控罪”，基本就是发疯发狂的意思。我想象托马斯·布朗恩在中心商业街上左冲右撞，他的靴子——不，他光着脚，穿着一条衬裤——踏着路上的车辙印，踢起一团团尘土。或许，他还一边摇晃着威士忌酒瓶，一边调戏路上撑阳伞的女士。或者割断拴马绳，大呼小叫着，狠狠抽打马屁股，让马儿们朝费城方向狂奔。

不过，最令我着迷的，还是“单纯”二字。1870年的一条法律术语中的“单纯”二字，究竟是何意义呢？爸爸也不清楚。在我看来，它似乎表明，这是一种最为纯粹、罕见的疯狂。这样的罪犯，是百年难遇的。我莫名觉得，这是一种奇特——甚至可敬的品质。

在读了那封信后，我更觉如此了。

10

那是档案袋里的最后一份文件。纸页泛黄，脆薄，如同蜕掉的蛇皮。托马斯·布朗恩的字迹非常漂亮。在习字课上，他的成绩肯定是A。

信里开头写道：

致我最爱的人

就这样，没写名字。他的信是写给谁的？他的妻子，情人，还是母亲？我永远无法得知。

信里说：

我在这里的许多伙伴，每天挤在窗前，隔着铁栏和街上的路人说话。而我觉得这么做毫无必要。我每天在牢房里发发呆，或在院子里遛遛弯儿，就心满意足了。因为我时刻有回忆相伴！多么精彩的回忆啊！所以我强烈建议你：糟糕的时光已经过去，请不要让过去牵绊你的未来——不论是美好的，还是痛苦的过往。请把回忆留给我。我会为咱俩好好守护着它，让它温热如初。至于亲爱的你自己，你一定要

就这么多了。

我在萨拉米香肠房里，盘腿坐在地板上，在心中问了不下一百次：托马斯·布朗恩，为什么你的信写到一半就突然结束了？是刽子手把你带走了吗？（因为你世间罕有的疯狂？）还是因为你那时得到了赦免，所以才扔下信，去拥抱铁窗之外的世界？

我再次让自己沉浸于熟悉的文字中，如同泡入温暖的浴缸。这些文字，如温水般，包裹我的双肩，让我浸入一种纯净的爱中。这种爱，如此纯粹，以至于不求回报："请把回忆留给我。"

我把信放回档案袋，把档案袋放回抽屉。我打开了另一个抽屉，最下面那层。我用力把抽屉整个儿拉了出来，伸出手，才够到档案柜后边的空间，拿出了那双鞋。

那是我母亲的鞋。一双浅棕色低跟牛津鞋，一双样式简单朴素的鞋，是那种适合妈妈带宝宝出门散步穿的鞋。事故发生时，她穿的正是这双鞋。没有人告诉过我。其实也不需要有人告诉我。几年前，在找到它的那一瞬间，我就明白了。我偷翻爸爸卧室里的衣柜，在那儿，我发现了它，被毛

巾裹着，藏在一个角落里。我立刻将它转移到了萨拉米香肠房里。此后数年间，我未曾有过一丝愧疚，只是暗暗惊讶于爸爸竟然从未提起过此事。

我走到西窗边。在渐暗的光线中，我看见了那屋顶之间的空隙相接的地方，那个街角。我仿佛又一次听见了送奶卡车隆隆驶过的声音。我把那双鞋紧紧贴在胸口，轻声呼唤她的名字："安妮·奥莱利……安妮·奥莱利。"然后，我放声大哭起来。

我从死亡之塔走下来时，夜幕已然降临。我直接来到冰箱前。它还在那里，那块蓝莓碎碎派，依然摆在餐盘上，用蜡纸包裹着，原封不动。我从一开始就知道，他肯定不会吃的。而我也不愿再拿起刀叉了。

11

我们在魅力百货逛街。还能去哪儿呢？雷吉买衣服只认这里。

她正在翻看上衣。看一件，吐槽一件：

“恶心。”

“土得掉渣。”

“要吐了。”

“啊！”

她和平常一样，穿着超短裤。这次是一条白色的。白色凉鞋，黑色带领衬衫。长长的衣摆在腰间打了个结。

除此之外，她全身上下都是粉红色的。

“你有没有发现？”在一边看她挑选上衣的我忍不住问，“你整个人都是粉的。”

她瞪了我一眼，然后继续翻看衣服。“也只是暂时的。霍帕朗。”

“啥意思？”

“走着瞧吧。”

雷吉·温斯坦深受世上最糟糕的苦恼之折磨（她的原话）。她皮肤太白了。我的意思是，她的皮肤像牛奶一样白皙。不，像雪一样。这在12月，还算正常。放在6月，就不可原谅了。

直到十二岁那年，她才发现自己的皮肤问题。就在那时，她发现了“美黑”这个玩意儿。

从去年暑假的第一天开始，她家后院就变成了一座“沙滩”。她没事儿就躺在一块大地天使浴巾上，全身上下涂一遍水宝宝防晒霜，然后沐浴在阳光中。然而变黑的速度，在她看来，还是不够快。于是，她停用了水宝宝——结果被晒伤了。水泡！痛！一个星期不能晒太阳！折磨！然后，又白回去了，比洗面奶还白，整个人散发出咳嗽糖片的味道。

直到8月，她身上最后一块白色、粉色和红色才褪去。六年级开学时，她的肤色终于晒成了焦糖苹果色。到了1月，她的皮肤又雪白雪白的了。

现在，也就是第二年的6月，她又晒成了粉红色。

她从货架上扯下一件上衣搭在身上，让我看：“你觉得这件怎么样？”

这是一件黑白横条纹的袖衩款运动衫。

“你看起来就像一个越狱的囚犯。”我说。

她把它举到面前，仔细端详，点点头，说：“你说得对，我就要这件了。”

她把它塞给我，然后走向下一排货架。然后，她又把它抢了回去。“喂，你！”她手指着过道，命令道，“去逛逛！”

我可以告诉她，我完全不明白魅力百货有什么好逛的。我对自己这身T恤和工装裤已经非常满意。而且——嘿——我还把工装裤的裤腿挽了起来，改成了骑行短裤的长度。谁说我不够时髦？

但是，我给了她另一套说辞：“我得省钱给艾洛达买礼物，明天是她的生日。”

她又把衬衫塞给我。“好吧。但我警告你，你不要再去查特琳儿童专柜买衣服了，也不要让我逮到你在除了这儿以外的任何地方买衣服。”

我向她敬了个礼，道：“遵命。”

她又买了两件上衣和一条踝链。然后，我们顺着中心商业街闲逛。很快，我就发现，和我并肩走着的雷吉开始变得心不在焉。一定是发生了什么事。

我的第一条线索是汽车喇叭声。

还有，夹杂在汽车的嘟嘟响声之中的人声。我听见有人在喊：

“哇哦——”

“嗨，你好啊！”

声音来自那群放了暑假在中心商业街上晃悠的高中男生：他们摇下了车窗，敞开车篷。

一声口哨引起了我的注意。一个留着寸头的男孩，正站在一辆淡蓝色敞篷车里吹口哨，对着……我们？然后，我突然明白了。我刚才听到的那些大呼小叫，都是冲着我身边这位看起来像十七岁少女的十三岁女孩来的。

我第一次注意到了路上的其他行人：男孩，男人，甚至女人。几乎所有经过我们身边的人都会看上她一眼，有的只是匆匆一瞥，有的则是直勾勾地盯着她看。似乎中心商业街上的每个人，甚至包括红绿灯，都在看雷吉·温斯坦。

而且她自己也知道。

我瞄了她一眼，就全明白了。她看似目不斜视地往前走着，似乎只是在悠闲地逛街。但正是这一点让她露了馅。正常情况下，她会走走停停，每经过一家商店，都会一脸花痴地停下来张望。正常情况下，她还会对着我喋喋不休。但这会儿，她很安静。她那涂着粉色口红的嘴唇微微抿着，似笑非笑。见鬼，雷吉·温斯坦可不是单纯地在中心商业街上走着，她是在走T台呢。我几乎可以听见选美主持人伯特·帕克斯在轻轻哼唱："瞧她走过来了……我们的美国小姐……"

老天，我想，她还是粉的呢，若她皮肤颜色是日晒后的棕色，那还得了？

然后，她把手伸进自己的银色小钱夹，掏出一副猫眼太阳镜，镜框是白的。她戴上了太阳镜。

紧接着，我就听见一阵尖厉的刹车声。

"好了，够了！"我大声说着，抓起她的胳膊，把她拽进了最近的一家店。

12

那家店是伍尔沃斯超市，正好是雷吉想逛的。

她直奔唱片专区，买了一张罗伊德·普莱斯的《斯泰格·李》。

我们坐在冷饮柜前的镀铬高脚转凳上，转动着椅子。我俩一人点了一杯可乐：雷吉，樱桃味的；我，柠檬味的。当那个卖冷饮的伙计收走我们的空杯子时，雷吉突然打了一个大大的嗝，差点儿把那家伙头上的白帽子给轰掉。他先是惊得眼珠子都快掉地上了，接着哈哈大笑起来。我捶着柜台说："这才是我认识和喜欢的雷吉嘛！"

雷吉只是不屑地"哼"了一声，然后从凳子上站起来，就好像在说：那才不是我呢。接着，她就直奔化妆品专柜了。

她在一排冰球形状的巧克力色塑料罐前停了下来。这款产品名叫"美黑蜜"。

"我还以为你用的是水宝宝。"我说。

"这不是防晒霜，"她说，"我再也不用那垃圾玩意儿了。"

“那么这是什么呢？”

“这是美黑膏。我在《十七岁》杂志上读到过。”

我不确定自己听懂了。“烤吐司用的那种吗？”

她没理睬我的问题。她从展柜上取下一罐，然后用专柜小姐的口气向我解释起来。“你睡前把它涂在身上。等你醒来，就——”她伸出胳膊给我看，“像做过日光浴一般！”

她那美丽的大眼睛似乎在邀请我同她一起见证这美好的一切，可我仍然忍不住用一句生硬的讽刺搪塞道：“简直是个奇迹。”

她没听出话里的讽刺，只是一个劲儿地点头。她拿起罐子，吻了一下，说：“简直是个奇迹。”

我真希望她快点买了它，这样我们就可以离开这儿了。化妆品专柜总让我感到紧张。可她还在不停地试这试那：描眉画眼的，涂嘴唇的，搽脸的，护理足部的。

我试图通过想点儿别的事情来分散自己的注意力。我想象博博被放出来了，横扫伍尔沃斯超市。我想象她把一整排一整排的睫毛夹啦乳液啦面霜啦，统统偷走，一个不剩。

突然，我面前出现了一支子弹头形状的口红。雷吉说：“我要给你买一支这个。”

“这个”是一支粉色的口红。它的尖端触碰到了我的上唇。我不禁连连往后退缩，可那粉红色的子弹头对我紧追不放。我一巴掌将它打走，大喊一声“别闹了！”便跑出了商店。在室外明亮的阳光下，我看见了街对面的招牌，于是知道该给艾洛达送什么生日礼物了。

13

艾洛达坐在那儿一言不发地盯了许久许久，我终于忍不住开口道："那是日记本。"

她继续目不转睛地盯着："我知道。"

日记本的封皮是红色的。封皮上"日记本"三个字是烫金的。

"别客气啊。"我说。

她清清嗓子道："谢谢。"

我们俩坐在餐桌边。

送她日记本的点子，是我前一天看见魏尔伦文具店时想起来的。当时，这似乎是一个很棒的点子。但现在，我没那么确定了。

"你每天都要在本子上写几句呀，"我解释道，"不过，也不用每天都写啦。隔天写一次吧，也许。我觉得，这样就够了。"

她用手指摩挲着那几个烫金的字。她打开本子，随手翻动了几页。另一只手里仍捏着抹布。“或者，我什么时候想写了再写。”

我兴奋地应和道：“对嘛！绝对的。想啥时候写，就啥时候写。”我碰了碰日记本金闪闪的钥匙，接着说：“瞧——它还能锁上呢，保密性很好的。你想写啥都行。你那天干了些什么啦，想了些什么啦，感受到什么啦，统统可以写下来。”我的潜意识里的一个想法如浮出水面的软木塞般冒了出来：“比如说，写写我。”

她仿佛着了魔，定定地看着日记本，好像在等它开口说话或翩翩起舞似的。我也一直紧盯着她，等待她给出信号。

跟博博一样，艾洛达最突出的外貌特征，是她那一头又短又卷的头发，其中最主要是头发的颜色。她的入狱档案（我偷偷瞄过一眼）里写道：发色，红。但实际上，它的颜色比起红色更偏橘色。反正在我眼里，她的头发是橘红色的，接近胡萝卜的颜色。

终于，她从恍惚中醒过来。“好了，”她从餐桌旁起身，“继续干活。”

她用手指拨弄着包装纸和彩带，似乎不知道该如何处理它们。“给我吧。”我说。她递给我后，只留下一句简短的“谢谢”，就又继续回去擦橱柜了。

我一气之下，把包装纸和彩带揉成了一个高尔夫球大小的纸团。她则一直背对着我打扫橱柜。我用力捏着纸团，用意念命令她转过头来看看我——看看我——因为方才她目光一直在礼物上。“看看我，艾洛达。”我无声地祈求着，“说出我的名字吧。说：谢谢你，凯米……谢谢你，凯米……”

可她只是头也不回地说了句：“你不出去玩吗？”

14

生气时，我爱干四件事：骑车，吃垃圾食品，往监狱大厅（人称“接待厅”）后边的痰盂里吐痰，在萨拉米香肠房里对进口午餐肉拳打脚踢。这一天，这四件事里，我干全了前三件。

我冲出公寓，砰地关上房门，来到楼下接待厅。我咳出一大口痰，对准痰盂，来了一发。我抓起自行车（我一直把车停在室内），冲出门外，跑下水泥台阶，来到人行道上。我顺着艾瑞大街骑到拐角处的市政厅，左转，然后沿赫克托巷一路骑到了街区的尽头。

市政厅大楼，就像我们的监狱，也占地一个街区。大楼后面是一个集市。有卖鱼的，卖菜的，裱画的。我去了糖果摊。买完那件不受待见的生日礼物后，我兜里还剩几个银子。于是，我买了一大把银河系奶糖、四根糖棒和一包波诺莫土耳其太妃糖。

之后，我去了北区。北区是富人区，那里的房屋都是独栋的，通常房前屋后各带一个院子，有长长的车道，甚至还有车库。更重要的是，北区适合骑行。那里商户很少——只有零星的几家街角杂货店。车辆也少。没有山，地形平坦。

我在街上驰骋，棒球手套在车把上摇晃。我迎着风大喊："谁稀罕她……谁稀罕她……"我想象她站在浮夸、聒噪、有趣的博博身边。艾洛达普通平凡、乏味无趣。当然，除了她那头橘红色的头发，它显然应该属于一个更加有性格的人。橘红色的头发若是长在博博头上，就再完美不过了。

我无视"禁止通行"标志，在车道上来回骑着，甚至横穿了好几个院子，看谁敢叫来警察，冲我大喊"喂！"。没有一个人。我停下车，从塞满糖果的口袋里抽出一根糖棒，做了一个划拉火柴的动作。我把手合拢，装作在点烟。我歪了歪头，假装深吸口气，吐出烟圈。我一边做着这些，一边凝神静听，希望听到一个成人大喊"喂！"，可是周围只有一片死寂。

这并不意外，因为四周并无一人。有钱人家的孩子们都去参加夏令营了；他们有钱的爹，也都去上班赚更多的钱了；他们有钱的妈，则把自己锁在家里，躲在窗帘和百叶窗后，静静品着茶。北区成了一座鬼城。然后，突然间，我的心仿佛冻住了。我听见了玻璃瓶碰撞的声音——一辆送奶卡车正好经过。

几年来，我一直这样。一听到送奶卡车发出的声音，便瞬间如同触电般，心口一紧。我把糖果烟迅速嚼碎，骑车继续前行。

东区更符合我此刻起伏不平的心绪：拥堵的交通，混乱，噪声，人群。骑行在东区的车流和山坡间，我必须放缓速度。但这样也好，方便我往嘴里塞银河系奶糖。

谁稀罕她……

我骑过中心商业街，闯了多次红灯。横穿马路，差点儿撞上一辆斯古吉尔河谷观光巴士。我沿路乱扔糖纸。站在艾瑞大街的桥头上，往桥下过往的车辆吐唾沫。我在挑衅，希望有人站出来，呵斥我，阻拦我，逮捕我。

可是没有人。

我看见一个小孩，冲着妈妈尖叫道："我不要！我不要！"他死死抱住她的腿，她则拖着他，在人行道上走着。然后，他又开始踢她。我掉转车把，骑到路边。"嘿！"我大喊，"住手！她是你妈妈！"小孩和他妈妈都愣住了，目瞪口呆地看着我骑车离开。

我一路骑着，来到小镇最西边的森林大道。我经过砖厂和鸽子农场，再右转，沿一条长长的小道，穿过一片玉米地，绕过州立医院，来到公园。

他们已经在那儿了，在少年棒球联盟的球场上，那些打棒球的小子。今天，一共来了四个。两个白人：罗米格和伊尔斯·德尔菲纳。两个黑人：马格·威廉姆斯和本尼·豪斯。本尼·豪斯之所以能够待在球场上，仅仅因为他是马格的表弟。他才八岁，扔起球来像个姑娘。

我可不像他那样。我很多年前就开始和老爸一起玩抛球接球游戏了。从九岁起，我每年都会出现在少年棒球联盟的选拔赛上。每年，他们都告诉我："女孩不能参赛。"尽管如此，他们依然无法阻止我在沙地上打球，依然无法打消我成为职业棒球大联盟史上第一位女球员的梦想。

我们几个准备打一局。击球员，投手，内野手，外野手，还有本尼·豪斯——他被赶到了边缘地带。我正准备给罗米格投去第一球，突然听到有人大喊："喂！"只见一辆奶油绿色路霸摩托车停在了挡网外。正是我在监狱墙外遇见的那少年。"现在加入，晚了吗？"他问。

罗米格和我面面相觑。这是什么人啊？他难道不知道，在棒球场上，你根本不用提问，也无须请求？你只要做就行了。

我本想对他说："是啊，你来晚了。"可转念一想，他毕竟帮我拿回过羽毛球和球拍。于是，我朝外场点点头。你一定会误以为我送了他一张免费电影票，因为他立刻眉开眼笑，快活地叫道："谢谢！"他从车把上扯下棒球手套，扔下摩托车（就好像那是一堆垃圾）便冲向场地中央。这小子的一举一动，都让我感到心烦。

但他确实能打。每次他走上本垒板，总能够击出平飞球。在球场上，只有他的实力与我旗鼓相当。

"我们怎么知道谁赢谁输呢？"问题先生又开始提问了。

“很复杂。”我告诉他。这是实话。我们有自己的一套系统，跟外人解释不清楚。我们是通过在一垒教练席旁的泥地上划痕记分的。

一切进展顺利，可问题先生就是管不住自己的嘴巴。“嘿！”他问，“啥时候轮到本尼击球啊？”

我、罗米格和马格·威廉姆斯都一声不吭。我们的计划就是把这个八岁小屁孩支开，让他待在球基本上不会飞到的地方，并且让这个傻子以为自己也在参与比赛。我们暗暗祈祷小屁孩没听见这话。可是，他听见了。“我也想击球！”他大声嚷嚷道。

“等着吧，”马格对他说，“轮到你了，我们会告诉你的。”

每当球棒传给一个人时，便传来一声哀号：“我也想要击球！”

终于，他一气之下，把棒球手套摔到地上，说：“我不玩了！”太好了，我想。只不过，他又加了一句：“我要回家。”说着便转身离开。

马格一脸惊恐：“哦，不，我得寸步不离地跟着他。我妈说了，他走，我也得跟着走。”

马格赶紧追上他的表弟，把他请回来。他安慰小屁孩说，没事的，等会儿就让他击球了，只不过，他得先当捕手。通常，飞出的球都被铁丝挡网给拦下了。

于是，我站上本垒板，捕手本尼站在我身后，拍打着手套，大喊：“好啦，马格，快放马过来！”马格把球慢悠悠投过来，我则猛击一棒，球呼啸着飞到场地左侧中心。我跑向二垒，看见罗米格怎么也没法儿把卡在栏里的球掏出来，我就知道我离本垒不远了。我全速冲向三垒，帽子都跑掉了。可是，一抬头，我却看见本垒板上站了一个人。正是那小屁孩。“快扔过来！”他大喊着。

我没看见球。我只看见有人堵住了我的本垒板。我猛扑过去。小屁孩倒向一侧，手套摔了出去，球飞向另一侧。小屁孩尖叫起来。好像有人流血了。马格扑到我身上说：“你想干吗？你要杀了他吗？”他的唾沫星子喷了我一脸。

“是捕手挡住了本垒板，”我平静地说，“我的任务就是得分。”说着，我往地上啐了一口，“这是棒球，好吧？！”我捡起手套，跨上我的自行车。

马格跟了过来，说：“他还是个小孩！”

“他是捕手。”我说完，踩着踏板，离开了。

马格怒吼道：“赶紧买辆女孩儿的车骑吧！”他以为这么说会刺激到我。哈哈，我笑了。我骑的是哥伦比亚喷气系列的山地车。的确，这是一辆男式自行车，前有横杠，可以坐人。

经过右外野时，我没有回头。但我知道，路霸少年正站在游击手区，默默看着我。

15

他们对我不爽，我也毫不在乎。反正，我早已经习惯了。

由于我是那个妈妈被送奶卡车撞死的小姑娘，双厂镇的大人们都对我很好。但我并未因此就善待他人。有一次，我听到人行道上一个女人低声说：“这小丫头乖戾得很。”我特意查了“乖戾”一词，原来是脾气坏的意思。是的，我确实脾气不好，这话没毛病。

对其他孩子，我尤其不友善。因为他们并没有因为我没了妈就放过我。

我骑车穿过公园的林荫大道，来到位于棒球场上方的奈德热狗店。店里有一英尺长的热狗卖。完美！我用尽了最后一点零花钱，买了两根热狗和一杯黑白双拼冰激凌味苏打水。我愤愤地咬着热狗，仿佛每一口都在撕咬这个该死的世界。

第二根热狗吃到一半的时候，店里的门铃响了，一个老头儿伸进头来，大喊："他们逮住他了！"

"真的假的？"奈德喊道，他正在清洗玻璃杯，"什么时候？"

"今天早上。"老头儿大声道，"我刚刚才听说。"

"在哪儿逮到他的？"

"桥港市。"

"你一定是在开玩笑吧。"

老头儿没再回答，门又砰地合上了，老头儿走了。

奈德看向我："听见了吗？"

"嗯。"我说。

他把一块海绵塞进玻璃杯，嘴角浮起一丝冷笑。"太好了……太好了……那个王八……"他脏话说到一半，突然打住了，大人们总是这样，特别是有小孩在身边时。

我知道他们在说什么，每个人都心知肚明。一星期前，一个男孩在河边钓鱼时，看见了毛骨悚然的一幕。浅滩上漂浮着一具女孩的尸体——报纸上说，死者躺在阳光照不到的暗处。但从普惠电车栈桥上，一眼就可以发现她，可是没有一位电车司机往下看过。

她的名字叫安娜玛丽·品托。她才十六岁，身高五英尺一英寸，留着一头黑色长发，每天都会听《薰衣草蓝莹莹》，因为她最喜爱的颜色就是薰衣草色。明年，她就高中毕业了。她打算报考皮尔斯商学院，成为一名秘书。她妈妈在梅恩东街的菲奥里超市当收银员。我认识她，因为偶尔经过时，我会停下来，走进超市，买苏打水和美味多零食。

安娜玛丽·品托是被人勒死的，这件事在小镇上引起了轩然大波。但这只是其中一半的原因。另一半原因，是凶手用安娜玛丽的口红，在她肚皮上画了一个图案：一个圆圈，中央一颗星。头一两天，人们都很困惑。这个星形图案，有什么深意吗？还是说，仅仅因为这名凶手他喜欢星形？

然后，第一浸信会教堂的牧师说："星星的一个尖角是朝正下的，而不是正上方。"

"怎么讲？"镇民们问。

"有尖角朝下的星，指向撒旦。"牧师说，"这是一种邪恶的五芒星。"

之前，人们从未听说过什么"邪恶五芒星"。但不到一小时，镇上所有人都讨论起了这个话题。诸如"魔鬼崇拜""撒旦教派"之类的词汇，在家家户户之间传开。还有外边有一个疯子逍遥法外，他现在已经逃到千里之外了吗？或者，他这会儿仍住在隔壁？

所以，当那老头儿大喊"他们逮住他了"时，奈德和我都非常清楚他指的是什么。

但是，直到我匆匆离开奈德热狗店，一边走，一边舔着嘴唇上的芥末酱时，我才感到胃里一阵翻腾。就在这时，我听见了警笛声。我分得清警车、救护车和消防车鸣笛声之间的区别。这就是警笛声，一声连一声地响着。很多人家都打开了前门。小孩们在街上飞奔。

我加速骑到林荫大道尽头，使劲蹬着脚踏板，骑上榆木街后的小山坡，右转来到樱桃街。我太激动了，竟然没发现自己骑过了路口。人们在尖叫，警笛在尖叫。看见艾瑞大街上聚集的乌泱泱的人群，我绕道马歇尔大街，飞快地骑到监狱后门，再贴着高墙边的小巷骑到前门。

整条艾瑞大街上，人山人海，水泄不通。我只看见警车上红灯一闪一闪，以龟速在人群中前行。警笛尖鸣，似乎在向人群发出一声声警告：让开，让开！

我扔下自行车就跑。暂时管不了那么多了。我翻过监狱前院的一道边墙。小小的前院，已经站满了人。我使劲挤过人群，来到通往前门的主道。不像其他地方，主道上人很少。前门是一扇十分坚固的巨大铁门。门前站着我父亲。他穿着一身气派的海军蓝制服。这套制服，他只在特殊场合穿。

他还戴了一顶警帽，别了一枚银徽章，上面写着：监狱长。这枚徽章是我母亲送给他的生日礼物。是她当年在拱心石珠宝店特意为他定制的。

那时，他还不是监狱长——他还只是一名卫队长，正在学习犯罪学课程——但她相信，他总有一天会当上监狱长的。她过世两年后，他就做到了。

他一脸严肃，站得笔直，似乎丝毫不受周围喧嚣的影响。突然间，我感到无比自豪——站在那儿的，是我的爸爸！监狱长，我的老爸。然后，他眼睛动了动。非常微小的动作，我估计其他人都没注意到。他的目光落在了我身上。一只眼睛——左眼——还冲我眨了眨。他在对我眨眼呢！瞬间，我感到既惊喜又感动。

接着，警车停在了路边。车后门打开的那一瞬，人群沸腾了……然后……突然……死一般的沉寂。那种静，就像校长突然走进了一间教室。

他穿着一条灰色裤子，裤腿挽起；一件有口袋的橄榄绿T恤；白色袜子，黑色鞋子。警察们帮助他来到人行道上——他手上脚上都戴着镣铐——可是，即便当他们退后一步，给他空间，他仍然弯腰弓背地缩成一团，仿佛直起腰来就不得不面对锒铛入狱的宿命。人群中爆出一声："凶手！"

他瑟缩着，迈出了一步。然后，又一步。警车的门在他身后砰地关上了。

一步一步地，他慢慢直起了身子。终于可以看清他的脸了。我出神地盯着他的脸看：一张杀人凶手的脸，一个变态杀人狂。一小时内，我就得知了他的名字：马尔文·爱德华·贝克。他在一家玻璃安装公司打工，这让我倍感惊讶。之前，我一直以为"杀人犯" 就像送奶工人或者教师一样，是一份全职工作。

他脸色灰白，胡子拉碴。事实上，他浑身上下的皮肤都是苍白的，就好像他一直住在洞穴或岩石下面……或监狱里似的。他的头发长而稀疏，而且油腻腻的，仿佛能挤出一瓶油来。

最后，我才看清了他的眼睛。它们暗淡、阴沉，不停地眨巴着，似乎不适应白日的强光。它们迅速地环视四周，然后直直地看向前方。我发觉，这是一双令人失望的眼睛，空洞无神。虽在看向我父亲，可那涣散的目光，又似乎并没有聚焦在他身上，或任何其他人和物上。四周一片死寂，唯有他和押送他的全副武装的警察踩在地面上的脚步声，以及脚镣的锒铛声。那声响，像极了牛奶瓶碰撞发出的声音。

当他拖着沉重的步子，经过我身边时，我隐隐期待他看向我这边，就像我父亲那样，在人群中，独与我目光相逢。可是，他并没有。但是，仅仅是他的存在就让我肩膀上的皮肤发凉——他与我之间的距离如此之近，我一伸出手便可以碰触到他。我不经意间抬起头，看见一张脸——艾洛达的脸出现在我卧室的窗口。

马尔文·爱德华·贝克走近我父亲的时候，人群开始各自散去。不过，他们很快又停下了脚步，因为我在那个时候吐出了胃里一上午暴饮暴食的垃圾食品，呕吐物溅在了六七个人的鞋面和裤腿上。

16

公寓门敞开着。艾洛达在楼梯口等待，她惊恐地睁大了眼睛。

“你还好吗？”她往下喊道。

“好得很。”我一边咬牙切齿地说，一边吃力地爬着那似乎永远爬不完的楼梯。

她扯下我头上的棒球帽，扔到沙发上。她把我扶进厨房，给我递来一瓶姜汁汽水。“漱漱口。吐出来。”她说。她打开抽屉，掏出一盒急救丸。“快用牙咬，嚼碎。”她打湿了一块干净的洗碗巾，用力擦着我的脸。我被她弄疼了，“啊！”我忍不住大叫。她让我在餐桌旁坐下，摸了摸我的额头和我脖子上的腺体。“没发烧，”她说，“也没肿。”她紧紧盯着我问：“你感觉怎么样？”

“我不跟你讲过了吗，”我说，“好得很。”

“估计是因为你太兴奋了。”她说。

“是啊。有可能。”我说。我超级想告诉她，她才是害我呕吐的罪魁祸首。但她那么关切地看着我，我实在说不出口。

“要来点儿消食片吗？”她问，“让胃舒服点儿？”

我一口回绝了。

她用舌头舔湿指尖，然后用指尖轻轻拭去我脸颊上的一点脏污，一定是她之前漏擦了……突然，公寓外楼道里传来一阵叫喊，雷吉冲了进来：“他走了？我错过他了，是吗？我错过他了！哦，该死，我错过他了！”

然后，她以百米冲刺的速度，冲进了我爸的卧室。卧室后墙上开了一扇小方窗。这扇窗正对着关押杀人犯的牢区。“我怎么看不见他呢！我怎么看不见他呢！”

她又跑回来，一屁股瘫坐在椅子上。今天，她没涂口红，光着脚，大口喘气，大汗淋漓。“……听说得太晚了……一路狂奔过来的……”接着，她开始连珠炮似的发问，“他长什么样儿？是不是很瘦？他有没有说……”突然，她脸上露出惊恐的神色。她抬起一只脚跟，看傻了。“真恶心！”她单脚跳着，来到水池边，抓起一块洗碗巾，使劲搓洗起脚跟。“有人在人行道上吐了，我一脚踩到了。”

我一声不响。

“好吧，”她把洗碗巾扔在一边，“至少我打听到了一点事情。”

我顿时来了劲，问道：“什么？”

她重新坐下。“我听说，有人听见他说：‘我不会进岩景监狱的。’”她又腾地站了起来，她太激动了，坐不住，“你觉得他这话什么意思？”

在镇上的孩子们中间，我被认为是犯罪和监狱方面的专家。“听起来他似乎打算要么越狱，要么自尽。”我说，“或者在枪林弹雨中倒下。”

她大为震动：“哇！岩景监狱是哪里？”

“州立监狱。”我告诉她。

“哦？那里很糟糕吗？”她用手比画了一个圈，“比这儿还糟糕吗？”

“在某方面比较糟吧。”我说，“岩景监狱里有死刑电椅。”

雷吉惊骇不已。她那充满敬畏的眼神穿透地板，投向楼下。她低声念着那个名字，仿佛在做祷告：“马尔文·爱德华·贝克……电椅……”说着，她转向艾洛达。这时，我才意识到，艾洛达的手仍放在我的肩头。“看来他比我想象的还要出名呢。”

雷吉来家里找我玩时，艾洛达一般很少露面。这次，是她在我这位浮夸的朋友在场时，露面时间最长的一回了。

雷吉抱着手臂，踱来踱去，仿佛正在接受台下众多粉丝的喝彩。她的梦想是成为一名歌舞剧明星，先站上百老汇的舞台，再进军大银幕。她的计划是参加电视上的一档青少年歌舞选秀节目《美国舞台》，然后被某位星探发掘。

“你还不明白吗？”她说，“他的名字已挂在了成千上万人的嘴边，就在这一刻。到了明天，将有数百万人知道他的名字。”

“他是个杀手。”艾洛达说。她的大胆回应，让我吃了一惊。

“一个有名的杀手。”雷吉说。

“一个对小孩下手的人渣。”艾洛达说。

雷吉一脸受伤地看向艾洛达，好像我家女佣破坏了她的乐趣。接着，她那受伤的表情换成了另一种表情：眨巴着眼睛，一脸迷惑。“所以……艾洛达……你说他为什么要这么做呢？”

她的话里藏着话，十分尖刻、刺人：所以……艾洛达……你自己也是一个犯人，你应该了解罪犯的心理，他为什么要这么做呢？

我感觉到艾洛达放在我肩膀上的手指突然绷紧了。随后，是一阵尴尬的沉默。接着，艾洛达把手抽开了，离开了房间。

雷吉耸耸肩：“她真是帮了人忙。”她上下打量我。和往常一样，她对我哪儿哪儿都不满意。她戳着我的眉间，说：“下次，我一定把我的修眉刀带来。”说着，她也离开了，奔下长长的楼梯。

我老爸一定看见了地上那一大摊呕吐物，可他晚饭时完全没有提起这件事。对于新来的那个犯人，他也只字未提。

待我躺下准备入睡时，一天中最高潮的时刻才重现于我脑海：艾洛达用舌尖沾湿指头，为我拭去脸颊上的脏污。我的心里，突然像打翻了蜜罐似的，无比甜蜜。我终于像有妈的孩子一样得到了照料！

17

甜蜜并未持续。

第二天早上，艾洛达又板起面孔，恢复了往日的冷淡，而我也再次因为她对日记本兴趣缺失，感到生气。但这次生气的时间不长，因为我看见了餐桌边我的座位上摆放着一把钥匙。

老爸和往常一样，已经出门上班去了。但是，没有关系——我不用问也立马知道了这把钥匙是干什么的。它可以打开通往女囚操场的那扇门。

我赢了！

操场放风时间，一般是早上十点开始。我从厨房的窗口向下望去。十点十五分，海伦和特莎已经在打羽毛球了。（我按照约定，把羽毛球拍和羽毛球都还给她们了。）狄娜正躺在浴巾上晒太阳。博博则像个君主似的，站在操场正中央，大笑着，抽着烟。

我走下楼，装作一副不经意的样子，仿佛只是在对她们进行例行的隔着铁丝网的探访。“早上好啊，女人们。”我说。我举起那把钥匙，咧开嘴笑了。操场上顿时鸦雀无声，所有人的目光都投向了我。我把钥匙插进锁孔，打开大门，走了进去。

接着是一片混乱和喧嚣。

“凯米小姐！”

我瞬间被她们“围攻”了。除了狄娜，所有人都朝我奔来。狄娜也摘下了眼罩。不知谁的声音从人群中飞来：“小狱长！”

事实上，我一共被围攻了两次。第一次，是被博博围攻。或许，被吞没更准确。我发现自己被埋进了她粗壮的胳膊和柔软的胸部之间，挣扎着才得以稍稍喘口气。若不是其他人的手把我拉走，对我进行第二次围攻，我估计要被闷死在她怀里了。三十多个女人——手指向我伸来，就像一群母鸡，在我身上啄来叨去，仿佛她们不相信我是真实存在的，或者她们从没摸过真人似的。

我好不容易才抬起头来，往上一看，发现在远处的高墙上，吉姆·卡里拉正端着一把来复枪，站在警卫室外目不转睛地望向我们这边。我朝他挥挥手：“吉姆，没事的！”

接着，一声声兴奋的尖叫变成了一连串疑问。大家都想了解那名新关进来的明星犯人的情况。

“他看起来像杀人犯吗？”

“他有没有看你？”

“他身上是不是很臭？”

然后，当一个女人说“他们肯定要把那小子给生吞活剥了”时，大家突然集体陷入了沉默。所有人都把目光投向了隔开男女操场的那道高墙。

我们的犯人——我猜，全天下的犯人——都修炼出了一门忘却自己身在何处的艺术。尤其那些被判了长期徒刑的更是如此。他们的牢房里，不会挂着日历提醒他们这望不到尽头的刑期还剩下多少时日。他们尽可能不往前看，就像那些恐高的人尽力不往下看。另一种忘记现实的方法，是让自己沉迷在那些象征外部世界的事物中：香烟，阅读，收音机（听《影子知道！》），糖果。从这个意义上看，做白日梦和睡觉这种简单的小事，在牢狱生活中，显得尤为重要。

但总有这样那样的事情突然闯入，让遗忘变得不可能。比如，每天熄灯前，狱警点数时，警棍敲得噼啪响。比如，坐在马桶上，四周没有装门，也没有隔墙，毫无隐私可言。不过，最严酷的现实还是：得知他们中的一员即将面临死亡。让这群女人对她们的新狱友产生那种可怕的兴趣的，倒不是他犯下的罪行，而是马尔文·爱德华·贝克很有可能要赴一场与岩景监狱死刑电椅的约会。我理解这种心情。我自己也是，每次爬上死亡之塔，总忍不住去看——即便不去摸——刽子手的套索。

混乱和喧闹又持续了一会儿。在此期间，她们不断地发问。最终，三十个女人也敌不过博博一人。“好了——可以了！”她一边高喊，一边挥动涂着鲜红指甲油的手指，“放过这个小女孩吧！”突然，我被她一把举起，扛在肩上。

高墙上传来吉姆的吼声：“喂！”

我伸长脖子，挥挥手，大喊：“没事的，吉姆！我没事的！”

接着，她把我扛到了别处。

18

博博把我放在了静室的水泥长凳上。和往常一样，这个地方空荡荡的。唯一的声音来自那座微型瀑布，水流从锡制手推车倾泻而下，淌入绿植环绕的水池。博博不停地捏着我的双手和双肩，似乎在确认我是否安然无恙。她身上有股草莓的味道。她不停地捯饬我的头发和衣服，我弱弱地抗议道："博博，我没事的。她们没有伤到我。"

她的眼睛里突然升腾起一股怒火。"看她们谁敢。"她吼道。

我在这一分钟里从博博那里得到的母亲般的照料，远远超过从艾洛达身上得到过的全部。在那一刻，我真希望博博是我家的女佣。

眼前博博向我展现了她的另一面。她的声音那么温柔，那么亲切。她的目光不停地飘向院子那边，似乎怕有人发现她不再那么吵闹，那么欢乐。

她把十根手指在我眼前晃了晃，开怀大笑道："喜欢我的指甲吗？”

长长的鲜红的指甲，放在博博身上，就跟河马涂了口红似的，十分不协调。这本来是一件滑稽、无聊的事情，可不知怎的，却让我觉得很可爱。我点点头：“很酷啊。”

“你可以摸摸。”

我摸了一下。

她突然压低声音说：“监狱里虽然禁止使用化妆品，但你爸却给我开了绿灯。”她凑近道：“你爸可喜欢我了。”

“我知道。”我说。不知为何，我第一次注意到，博博那头狂野的乱发中，竟夹杂了几丝银发。

我忽然想到，自己还没问过博博那个大问题。“你认识艾洛达·帕科吗？”我说。

“橘红色头发那个。我听说她在外面可野了。”她说，“怎么了？”

“你知道她因为什么进来的吗？”

她不假思索地答道：“纵火，想把整个镇子给烧了。”

她看我一脸惊愕，又笑道：“可能是真的，也可能是假的。在这里听见的话，你都别太当真。但我现在就可以告诉你那丫头到底犯了什么罪。”

“什么罪？”我问。

“傲慢。”

“傲慢？什么意思？”

“对，就是太傲慢。她不愿和我们其他人待在一起。放风时间，宁愿一个人静静待在这里。你敢相信吗？”

“这里？静室里？艾洛达·帕科吗？”

她拍拍凳子。“对，就坐在这条长凳上。”

或许，我想，是静室让她变得沉默寡言、闷闷不乐，而不是我爸爸的安排。

“现在嘛，”博博继续道，“她待在上面。”她的手指向我们的公寓，“和你们在一起，装得跟自己住在那里似的，只下来睡个觉，就又回去了。没空搭理我们这些普通人，一副高高在上的样子。”她把手伸进胸前，掏出一条大大的红手帕。她拿手帕掸了掸我的脸，逗得我忍不住想笑。“告诉你爸，炒了那橘红色头发的妞儿，雇博博我来帮工吧。博博打扫的房间，保准他眼前一亮！”

我们俩一齐哈哈大笑起来。

她用手指戳戳我，说：“派，你喜欢吃派吗？”

“超级喜欢。”我说，“卡尔每周都会给我做一个派吃。”

她冷笑道：“这算什么？等我出去了，我每天都做给你吃。你最喜欢哪种口味的？”

有些问题，真的无法回答。“哪种口味的都喜欢。”我说。

“卡尔从没给你做过红薯口味的吧？对吗？上面撒一层棉花糖的那种呢？他也没做过吧？”

“没。”我只好承认道。

“保准你吃一口就爱上博博的红薯派。等我出去那天……”她戳戳我，“我一定手捧着派走进接待厅……派还是热乎的呢……”她深吸一口气，原本肥硕的体形，似乎又胖了一圈，“你闻到了吗？……那香气？”

“嗯，好像闻到了。”我说。我没在开玩笑。

“门卫会说：‘嗯，你来啦，博博小姐？’他叫我小姐，是因为我现在出去了。我会说：‘是啊。这是给凯米·奥莱利小姐的。’‘哦，好的，’他说，‘您请吧，从这边楼梯上去。’我照他说的做了。我爬上楼梯——听着，最精彩的部分来了——等我爬上楼梯，我根本不用敲你家的门。”她咧嘴笑了，戳戳我，“知道为啥吗？”

“因为你知道派来了，丫头！你知道博博的红薯派马上就会送到，所以你早已经在门外等候了。你坐在楼梯上，左等右等，就像等圣诞老人一样。”她站了起来，在静室里来回踱步，手舞足蹈，“我把派给你，就准备回去。正要下楼时，却被你叫住：‘博博，等等！进来吧。我一个人吃不完。’于是，我俩走进厨房，把派切成小块，然后坐下来，边吃边聊边笑边聊边吃……”我可以想象那个画面。她正面对瀑布站着，她伸出手，水花溅在她手上。她转过脸，表情突然变得十分严肃：“只要等到我出狱那天。”

“还要多久呢，博博？”我问。

她抬头盯着天花板。“随时都有可能，”她说，“我的律师正在努力呢。事实上，我很惊讶为什么到现在还没接到电话通知呢。”

她忽然话锋一转，双手各抓起一把肚子上的赘肉，说：“你猜我这身上的肉哪来的？”

“不知道。”我说。

她得意地说：“史酷比·嘟比！”

史酷比·嘟比是马歇尔西街上的一家甜品店，他家的冰激凌举世无双。“真的吗？”我说。

她在我面前轻轻摇摆，晃动着肚子上的赘肉，似乎在邀请我品尝那美味的冰激凌。“圣代……甜筒……三色杯！……黑白双拼奶昔……但你知道我最喜欢哪种吗？

“哪种？”

她松开捏赘肉的手，深深吸了口气说：“香蕉……船。”她说得好像别人说祷告词一样。“我每品尝其中一样东西，都会吃上五百份。”她炫耀似的用指头戳戳我，“五百份一模一样的。三球冰激凌，三球全是巧克力的，而不是巧克力、香草、草莓各来一个。球上撒点儿鲜核桃仁，湿的呢。再多加一份鲜奶油，浇上热软糖，不要菠萝。”她戳戳我的膝盖，“而且，”她举起四根手指，“我要再来四颗樱桃——每个球上各加一颗，另外再单独吃一颗。”

“哇！”我说。博博描述食物很有一套，我都快听饿了。

她又揪起自己肚子上的赘肉，低头看了一眼。“史酷比·嘟比！香蕉船！”她看看我，抓住我的胳膊拧了一把，“给我两年时间——不，三年——你、我、史酷比·嘟比……丫头，我保准给你再养胖两百磅，到时候，你和我两个人一起走进伍尔沃斯超市，再走出来时，咱俩身上的东西，就足够自己开一家店了！”

我们俩笑得前仰后合，一开始，根本没听到哨声。然后，我们听见了：长长的、带着呼吸音的嘟嘟声，从史东尼河东岸占地庞大的沙伊特酿酒厂传来。不论你此刻身在何处——不论你是在东区晾晒衣物，在圣心医院切除阑尾，还是在西区尽头的罗姆采石场钓鱼，在汉考克郡监狱里度日如年——只要你还活着、醒着，就一定听得到。大人们会根据这哨声调表。每天正午，酿酒厂的哨声准时响起，向整个双厂镇宣告：午饭时间到！

我和博博道了再见。她和其他女囚一起返回监狱内。我则在离开前，在空荡荡的操场上站了一小会儿，回忆她们看见我走进来时那震惊又欣喜的表情。我嘴角止不住地上扬。我只是和她们站在了铁丝网的同一侧，效果竟如此不同。我走进自家的后院，关上身后的门，爬上楼梯，回到公寓。我边走，边在心里为《改邪归正》杂志的某篇头条文章重拟了一个标题：

监狱长的女儿：

比宠物更管用？

19

第二天，我没再去操场。我满脑子都在想艾洛达，还有博博所说的关于艾洛达的事情。

吃早餐时，我一直在观察艾洛达。我看着她倒垃圾桶，用吸尘器清扫地毯。我试着把“纵火犯”一词安在她头上。可我发现，我越是认真地观察她，她在我眼中，反而变得愈加神秘。

很快，我就受不了了。

她正在洗衣间，站在烫衣板旁，熨烫我父亲的一件衬衫。一堆皱巴巴的衣服堆在洗衣机上。我把它们推到一边去，屁股一抬，坐了上去。我开门见山，单刀直入。

“听说，”我说，“你是个纵火犯。”

我很失望。她的脸上没有如我所预期的那般显现出丝毫震惊的表情，但她的手倒是停了下来。举着熨斗的手，悬停在一截雪白的袖子上。我第一次注意到她的手指甲，短短的，光秃秃的，就像男人的指甲，一点也不像博博的那般。

她浑身上下没有一丝亮色。最后，熨斗又落了下来，继续熨烫着袖子。

“你怎么不说话？”我问。

她的眼睛一直没离开过那截袖子：“有什么好说的？”

“我问了你一个问题。”

“你只说了一个陈述句。”

我暗自叫苦。“好吧……是真的吗？你真的是纵火犯吗？你是因为这个原因进来的吗？你是真的打算把整个镇子烧掉吗？”

她一脸不在乎地耸耸肩：“你说是就是吧。”

“不是我说是就是，我在问你呢。”

“这话谁说的？”

“博博。”

“好吧，那就是真的了。”

“艾洛达，请你看着我，好吧？”

她举起熨斗。她看了我一眼，只看了短短两秒，又接着低头干活儿了。

气人的女人。“你干吗总是这么扫兴？”

她又停下来，对着熨斗说：“我就是个扫兴的人。”说完继续干活儿。

我想笑，但忍住了。“我在试图和你聊天。”

她挂起熨好的衬衫。“那你加油。”她又拿起另一件衣服，先用喷雾器喷湿。

我不死心。“博博说你目中无人。”

没反应，继续熨衣服。

“她说你总以为自己与众不同，因为你每天待在这上面。你总是一副高高在上的样子，就像比其他狱友高出一等似的。”

她耸耸肩：“是，我自以为是。”

“是的，”我说，“你忘了自己也是个犯人。”

她点点头：“那就是我。”

认真对待我说的话，会要她的命吗？

我用脚后跟踢着洗衣机垫圈。鲁莽的话到了嘴边，再也咽不回去了：“你以为自己住在这儿，你以为你是这家里的一员。”

她一动不动，只挑起两边眉毛说：“我有吗？”

“是的。”我拿手指戳向她，我控制不住自己，“你以为你是谁？我妈妈吗？”

她并未立刻做出反应。在我的话音还未落地时，她仍在继续熨烫。十秒之后，她才挂起熨斗，抬起头，看着我的眼睛。“别担心，”她用保证的口气缓缓说道，“我不是你妈妈。”说完又拿起熨斗。接着，她又补充了一句：“也永远不会是你的妈妈。”

过了一会儿，我才明白过来，她的话是什么意思。我冲着她尖叫道：“好呀！”我从洗衣机上跳下来，撞翻了喷雾瓶。它重重摔在墙壁上，水溅得到处都是，玻璃碎了一地。

“太好了！”我大喊，“我真高兴，我们终于把话说开了！你还想知道什么？嗯？我统统告诉你！我要告诉我爸，让他把你送回去，到你该待的地方去！你就在那儿，和其他人一起织地毯、编线球吧！”

可她仍一如既往地淡定，只是在喷雾瓶砸向墙面的那一瞬，稍稍躲闪了一下。她站在地上的水滩和玻璃碎碴之间，说：“是吗？”

我顿时火冒三丈。“是的，没错！”我大声说，“你可以对高高在上的生活说拜拜了！”

她把熨斗从衣服上抬起，看了我一眼，但仅此而已。我在她脸上看不出任何情绪、任何回应。我俩就这样对视着，也不知僵持了多久。突然，监狱外边传来一阵骚动。我跑去看热闹，借机逃开了。我跑到窗前，看见楼下一大拨人正沿着人行道从街上拥来。

在看见杀人犯马尔文·爱德华·贝克之前，我已明白发生了什么。杀人犯刚刚结束传讯，被押送回狱。

根据美国宪法第六修正案，被告人有权被告知他/她被捕的具体原因。不仅如此，传讯必须尽快进行，以免囚犯在牢里枯坐数月，不知自己究竟为何被抓。所以，传讯通常在犯人被捕入狱四十八小时内进行。被告人被告知其罪名，并予以承认有罪或抗辩无罪的机会。

为了避免出现聚众滋事的场面，我爸一大清早四点三十分，就把马尔文·爱德华·贝克从边门带出，抄近道送到了法院，但他终究还是无法控制事情的走向。在法官说出“蓄意造成一位名叫安娜玛丽·格蕾丝·品托的女子死亡”这句话时，从法院到郡立监狱一路上早已人潮涌动。双厂镇的居民们又不是法盲，他们都晓得第六修正案。

当警车闪烁着灯光，在艾瑞大街上缓慢前行时，人群才不情愿地让出一条道路来。这次，马尔文·爱德华·贝克从车上走下来时，等待他的不再是沉默。一阵阵最恶毒、难听的话，如狂风暴雨般透过公寓的纱窗，飘进了我的耳朵。这回，这个有名的罪犯只露面了短短几秒，就进入了我家客厅楼下那固若金汤的牢房中。

之后，咒骂、吼叫声仍不绝于耳，持续了好几分钟，连平日听得一清二楚的脚步声，也被向我们这座黑暗城堡袭来的一波波声浪给淹没了。直到一阵急促的敲门声响起，连同一声声“凯米！开门！”，宣告了雷吉·温斯坦的到来。这个满眼天真好奇，每一个毛孔都散发着兴奋劲儿的小姐，想必会对我说，她终于弥补了上次错过杀人犯“游街”的遗憾。

我错了。

她抓住我的肩膀来回摇晃，对着我的脸兴奋地尖叫：“我要上《美国舞台》了！”

20

接下来的二十分钟，房间里充满了尖叫声。基本上是雷吉一个人在叫（“我简直不敢相信！”“我真的要去了！”“掐我！”）。我也跟着叫了几声（“哇！”“哦，我的天！”“太酷了！”），因为我确实为她感到高兴。

当我俩终于可以好好对话时，我才得知，原来是雷吉的爸爸终于做出了妥协让步。过去的一年，她一直在求他。可他一直反对，最大的理由是她年纪还太小。《美国舞台》参赛选手的平均年龄在十四到十八岁。雷吉争辩道，她根本不用证明自己的年纪，撒个谎就瞒过去了，只要看上去足够成熟，他们会相信你的。

重大时刻，终于在今天早晨到来了。她爸爸正在浴室里刮胡子。雷吉则守在浴室门外，不停地哀求。突然，浴室门打开了，她爸爸站在那里，满脸剃须泡沫，怒吼道：“好吧——去吧！你快去！祝你早日进监狱！”

这件事在雷吉的妈妈那里，则向来不成问题。看她一眼，你就明白了，雷吉是遗传了她的相貌和个性。雷吉的妈妈称她女儿的朋友们为“亲”，还和她们一起在客厅里讨论雷吉上《美国舞台》的事情。

“所以，”我说，“你打算跳舞吗？”这问题听起来很傻，但事实上，《美国舞台》的舞台很小，而且通常被“南方费城”舞团的正式队员们给垄断了。在电影或电视上看他们跳舞，已经成了一项全民娱乐。他们甚至有自己的粉丝俱乐部。

她冷笑道：“难道熊不在林子里拉屎吗？”

“那汤米·D怎么办？”我问。

哈，汤米·D。

你只需要提到这个名字。汤米·德贝内代托（汤米·D）是舞台上最性感的男人。乌黑的头发卷曲在前额上，午夜杀手般的眼睛。德拉瓦河谷的每一位少女，都为他痴狂。这其中就包括雷吉，也包括汤米的女朋友——《美国舞台》的常驻嘉宾阿琳娜·霍尔茨。

“他怎么了？”雷吉说。

我也没认真想过这个问题。“我不知道……除了阿琳娜，我还从没见过他和其他人共舞。”

“所以呀，”她厉声说，“谁稀罕汤米·D？”

我心想：《美国舞台》得当心了。

雷吉带来了一只《美国舞台》定制版托特包，里面装着她的唱片。包的外形有点像一只巨大的咖啡罐，又有点像一个小小的帽盒。包内有一张《美国舞台》主持人迪克·克拉克的照片。我们边唱边跳：

你欺骗
你撒谎
你说过你喜欢我

我们跳舞的时候，尽管雷吉不厌其烦地想让我像女孩子一样扭动，可我始终还是那个假小子。

水花四溅，我在洗澡
漫长的星期六晚上

我们的舞步时而缓慢，时而迅疾。我们手舞足蹈，踩着新式的推滑步，跳起了吉特巴舞、牛仔舞，还有恰恰舞、卡利普索舞。

跳累了，我们就停下来唱——实际上，更多是在大喊大叫——小甜饼乐队的一首歌。

不要说我
宝贝的坏话
（懂不懂）
不要说我

宝贝的坏话

我们互相用手指戳对方的脸，咆哮着一遍又一遍地喊出最后一句歌词：

所以嘛，姑娘，你最好闭上嘴！

艾洛达犯了个错误，她不该出现在餐厅。“艾洛达！”雷吉喊道，“我要参加《美国舞台》啦！”

艾洛达停下了手中的活儿，抬起头，看了一眼雷吉，淡淡地说：“真想不到。”

如果艾洛达足够聪明，就应该赶紧跑下楼，躲进自己的囚室里。雷吉噌一下来到她身边，扔掉她手上的抹布，牵着她的手，绕着餐厅的桌子跳舞。雷吉甚至想让艾洛达找回点女人味。

艾洛达努力做一个好舞伴，可她还是掩不住脸上的痛苦表情。看到她不得不忍受我朋友的疯癫，我怪不好意思的。更糟糕的是，刚才在洗衣间的时候，我已经让她忍受过我的折磨。不行，我得出手解救她。我脑子里突然想到一个主意，便马上冲着她大声喊道：“艾洛达，我的房间有味道了，你能去帮我打开窗户通通风吗？”

艾洛达从雷吉手中挣脱出来，迅速逃走。

雷吉在冰箱里翻箱倒柜，找她最爱喝的黑莓汽水。我们的冰箱里总为她预备着几罐。

“感觉棒极了吧，”她说，扑通一下瘫在沙发上，“有个女仆。”

雷吉常常这么称呼我的监护人。不过，之前我从没因为这个苦恼过。

“她不是女仆，”我说，“她是位管家，这就是她的工作。”

“你一定十分信任她，可她要是偷东西该怎么办呢？”

我嘘了一声，让她不要吱声。“安静！小心艾洛达会听到。她不偷东西。”

“但是万一呢？”

“她不会的。”

雷吉喝了一大口黑莓汽水，身子前倾着。“我的意思是，她毕竟犯了事入狱，管她是不是管家。”

艾洛达受到了雷吉言语上的攻击，我怒不可遏。

“叫他们管家，是有原因的，”我反驳道，“你可以相信他们。”

“他们入狱，也是有原因的，他们就是罪犯。”

“她爱我！”我继续反击。

时至今日，我仍不清楚，当我说出这句话时，雷吉和我谁更惊讶。我为什么会说出这句话呢？我明明知道这并不是真的。然而，我倒希望这是真的。雷吉和我只好呆呆地看着彼此。

很快，她的表情发生了变化，越来越温柔了。她放下手中的汽水，走过来坐到我的安乐椅扶手上，然后微笑着说：“凯米，我只是想……”

管你想什么呢，不要说了，我不想听。我脱口而出：“有的时候，我会假装艾洛达是我的妈妈。”

雷吉眨了眨眼，不大相信我的话。接着，她又信了。她的两只眼睛，滴溜溜地瞅瞅周围，以确保艾洛达不在附近。她小声说：“她在蹲监狱。”

我继续为艾洛达辩护，撒了个谎。

“很快就出狱了。”我说。

听完我的话，雷吉的语气稍微舒缓了些。“真的？”她说，“那她什么时候出狱呢？”

继续撒谎。“随时都有可能，她之前的工作一直为她留着。”

“是吗？”她似乎对此很有兴趣，“什么工作？”

“房屋清洁工作，她专为别人收拾打扫房子。房子主人给她钥匙，哪怕自己不在家，也会准许艾洛达进屋打扫。”我不能自已地编着瞎话。

“是吗？”她问。

“是。”我说。

“那么，她犯了什么罪？”

“入店行窃。”

“是吗？”

“是。”

“偷了什么？”

“一包香烟。”

“什么，一包香烟？仅因为偷了一包烟，就把她送进监狱？”

“那根本就不是偷，只是忘了付钱而已。只不过她请了一位糟糕的律师。”

雷吉摇了摇头。随后，朝我笑了笑。她的笑容中充满了极大的怜悯，就像是一个正直的人对不幸误入歧途的可怜人表示同情那样。她不相信我说的话。“凯米，凯米……生活不是漫画书。”她紧紧握住我的手说，“坏人不会这么容易就变好的。”

“这些话，你留着去告诉《改邪归正》杂志好了，”我告诉她，“对了，还有我爸。”我想起了一直空空荡荡的静室。

“大多数出狱的人，往往会因为犯了别的事，再被送回来的。”

“扯淡，”我说，“关于监狱，你知道啥？”

她紧紧握住我的手：“可我知道，坏就是坏。”

我不想和她继续争论下去了。“我才不在乎呢。”我说，希望她不要再讲下去了。

可她不听。

她离开安乐椅的扶手，双膝跪在我面前的地板上。不过雷吉的屈尊，并没有使我惊讶，我懒得理她。雷吉做出一本正经的样子，仿佛在研究伍尔沃斯超市的化妆品货架似的。“凯米……”她说，然后把手放在我的手上，“我只是不想看到你受伤。”

我俯视着她。“关你啥事儿呢？”

“你是我最好的朋友。”

“这可真是太好了。”我讥笑道。

她又一次紧紧抓住我的手说：“凯米，她在蹲监狱啊，她不可能成为你的母亲。她在要你。”

我唰一下抽开自己的手：“你胡说。”

她用手指了指房子。“凯米，看！”我不理她。“看看你住的这个房子多漂亮啊。想想看，倘若你是个犯人，你能不想在这里找个舒服的好差事吗？”她又一次抓住了我的手。突然间，我实在无法忍受她碰我了。“你能不对监狱长的女儿好吗？唯有这样，你才能保住这份轻松、舒服的工作。”

我听到了博博的声音：“傲慢……一副高高在上的样子。”

我奋力甩开她的手，冲着她大喊：“艾洛达不是那种人！”不过，我心里希望她是。

“好吧，”她说，语气冷静、理智，像个成年人，“不是那种人。那么就让她做你的女仆，甚至做你的朋友都可以。将来再邀请她参加你的婚礼。”她情绪激动地连连摆手，“不过，看在上帝的分上，千万不要让她成为你母亲！她是个罪犯！”

我狠狠地推了雷吉一把。她后退了几步，摔倒在地，头部撞到了地板。我低下头，怒气冲冲地看着她说：“你懂什么呀！”

震惊、难以置信的表情出现在她脸上，还有泪水。她迫不及待地想要离开屋子。当她自己站起来时，差不多已经爬了一半的路程。她双手奋力拧着大门上的杆锁，嘴里骂骂咧咧的，抽泣不止。终于，门打开了。雷吉回过头，她的眼线已被泪水打湿，弄得脸颊黑乎乎的。她朝我竖了根手指，浑身哆嗦着说：“仅仅因为你失去了母亲，但并不意味着……并不意味着……”雷吉泣不成声，匆匆下了楼。我估摸着，她这是永远不想再见我了。

21

雷吉离开后，门一直开着。我爬上死亡之塔，来到萨拉米香肠房，透过窗户往外看。只见雷吉正路过法院，她的一只手在嘴边来回移动。虽然距离有点远，看不清，难以确定，不过我想，她肯定是在抽烟！接着，她在瑞典大街左拐，拐上中心商业街，朝市中心走去，消失在了我视野中。

我顺着楼梯往下走，来到死亡之塔中的一扇门前。他们一直不允许我打开这扇门。这是一扇奇特而又小巧的门，矮矮的，不到我鼻子高度。门后的路通向城垛，这是一条环绕塔基的、有凹口的人行道。城垛对我来说是禁忌之地，不过我才不管呢。我打开门，低着头，大方地走进去了。

外墙到我腰眼的位置。我来来回回地走着，或者至少我的脚在来来回回地移动着。除此以外，我整个人都陷入了回忆。刚刚发生的事，就像艾洛达放进洗衣机里的衣服，在我脑海中转来转去：洗衣间地板上的碎玻璃……我要参加《美国舞台》了！……马尔文·爱德华·贝克……艾瑞大街上的暴徒……她在蹲监狱……汤米·D……坏就是坏……她爱我……她不爱……有时，我假装……所以，孩子，你最好……野得很……纵火者……她不是……闭上你的嘴……她不……她不……

雷吉的话对吗？难道我对于艾洛达来说，就是她走出监狱的一条捷径吗？一份美好、舒适的工作？

当然，和同狱犯人的日常生活相比，这的确是个好工作。或者，诚如博博所说的那样，这是高高在上的生活。那么，为什么艾洛达不更加努力地和我一条心呢？难道她不知道监狱长的女儿在这里是有些影响力的吗？

这么多人中，我为何要把心声第一个说给雷吉·温斯坦听呢？是的，她漂亮，有趣，又很酷。但是，她足够善解人意吗？似乎并不。

我在城垛上走了多久？忽然，一张脸从小门里探进来，原来是接待处白天的值班警卫托尼。人们走进监狱见到的第一个人，就是托尼。他总是给我一个大大的微笑。不过，这次没有。“凯米小姐，你必须马上从里面出来。快点！”

我没有反抗。托尼解释说，有人给监狱总机打电话了。他们说看见有人在塔上走来走去，以为是个囚犯在越狱。现在我明白了他们为什么不让我上城垛了。

我回到萨拉米香肠房。酿酒厂的哨声响起来了，该吃午饭了。不过我不饿。即便我饿，也不会下去吃。此刻，我需要待在这个只属于我自己的地方，一个人好好静一静。这里就是我的阁楼，一个储藏着我无数情感、回忆以及困惑的地方。在这里，我可以安全地从抽屉、箱子里，取出它们，抖去上面的灰尘，放在手掌中，随意翻弄。不仅如此，在这阁楼里，我还能探寻甚至偶尔触碰到一丝祥和平静。

为什么是艾洛达·帕科？

她有何与众不同之处？

要是有一天她突然让我叫她妈妈，该如何是好？

接下来又会怎样呢？

我会开心吗？

我？

开心？

雷吉……艾洛达……我父亲……还有其他我相处得来的人吗？

哦，对了，还有博博。

我坐在石板地上，背对着弯曲的墙面，怀里抱着母亲的鞋。托马斯·布朗恩写给心爱之人的信，早已发薄、泛黄，可我还是读了一遍又一遍。我紧闭双目，像背诗一样，吟诵着信里的话，把玩其中的精词妙句。请把回忆留给我……请不要让过去牵绊你的未来……糟糕的时光已经过去……你一定要……

你一定要……

为什么写到这儿就结束了呢？徒留我一人独自面对这个不完整的句子。倘若托马斯·布朗恩写完了这句话会怎样？

他会说些什么？我无法打消这样的念想：布朗恩肯定在信中对我说了一些话，让我听后，犹如站在山巅，自由，清醒，浑身的刺痛终于消失。

尘埃在一束束阳光中懒懒地游移。透过密封的窗户，传来街上车水马龙无休无止的喧嚣和行人偶尔的喊叫。在远处……在西边……在那儿……总有那个街角……那个街角。

我躺在一堆石头上，把一个彩虹色头发的破布娃娃当作枕头。我一定是睡着了，因为我梦见了一个安静的房间，牛奶从手推车上静静地倾泻而下。

22

第二天，一切照旧。

一觉醒来，我闻到了玉米肉饼的味道。

这是1959年的夏天。早餐还跟往常一样，吃的是可可泡芙。

当我吃完麦片，艾洛达便像往常一样过来收拾乱糟糟的饭桌。我们愉快地聊着天，就像洗衣间的不快没有发生过似的。当我问她“头发够长了吗，可以扎丝带了吗？”时，她甚至被我逗得咯咯直笑。即便她昨天听到了我和雷吉的对话，也丝毫没有表现出来。

我下了楼，来到院子里，加入放风的人群中。我的到来，顿时引起一阵轰动。她们个个激动不已，眼神放光，嘴里不断发出欢呼声，争相摸我。我沉浸在她们的热情里，前一天的糟心和不痛快被洗刷得干干净净。我就是她们的小宠物，让她们心神宁静。也是她们拔河用的绳子：博博在绳子的这头，其他人在另一头。两边的人都想独自拥有我。不过这次博博输了，她们和我玩得不亦乐乎，直到酿酒厂的哨声把她们召唤到里面。

午饭后，我一个人去看了电影。大剧院里正在播放《致命水蛭》，这电影看上去还不错。

嗯，确实还行。怪物水蛭把毫无怀疑的人们拖进它们沼泽地里的洞穴，然后再慢慢吸干人类的鲜血。这场面，让我看得既恶心又欲罢不能。电影嘛，差不多就是这回事吧。

接着，星期天到了。

23

我讨厌星期天，费城人队比赛的日子除外。

在我们家，星期天不是礼拜日。自打我母亲去世后，父亲就彻底放弃宗教了。因此，我从没去过主日学校。我是从人行道和巷子里的咒骂声中，第一次听到“上帝”这个词儿。那个时候，我还没上学，常常在人行道上、巷子里玩耍。模糊的记忆中，我有个一起玩的小朋友，叫雷吉娜·谢弗，我曾问过她上帝是谁。不过，如今我已想不起她当时是怎么回答的了。

在随后那些年里，我陆陆续续从街道以及学校的生活中，收集了一些关于上帝的印象。起初，上帝似乎是一个男人，一位非常重要的大人物。有点像总统，不过比总统要厉害多了。渐渐地，我觉得上帝像一位教练，指挥着地球上的万物。无论何时，只要我在印刷品上看到上帝的名字，指代他的代词“He”和“His”的第一个字母都是大写。这种殊荣，甚至连乔治·华盛顿都不曾享有。

和星期天有关的另一个事物，就是天使。天使们似乎是半人（长得像人）半鸟（有一对巨大的白色翅膀），和上帝一起住在九霄云外一个叫作天堂的地方。他们穿着白色的长睡衣，光着脚，不穿鞋和袜子。这就是我对于天使的全部印象。直到有一天，那时我九岁，正在读三年级。

如果你站在汉考克郡监狱的大门外，你会看见右手边的市政府和左边的教堂。与监狱西墙并行的是教堂的墓地。

放学回家的路上，我总是喜欢走捷径——穿过墓地。有时，我一路小跑，把数不清的墓碑想象成橄榄球场上的防守者，在它们中间，迂回前行，左躲右闪。暮春时节的一天，我正在极力冲击，准备来个达阵的时候，突然，一座崭新的墓碑吸引了我。于是，我驻足观看。不同于其他磨损严重的旧灰墓碑，这座墓碑是一个设计巧妙的圆形大理石碑，颜色纯白，像极了镇上许多人家门前的台阶。我忍不住凑到跟前看石碑上刻的人名：

玛格丽特·伯德

我仔细读了墓志铭，当我读到最后几个字——

我们的天使

我倒吸一口气。死亡？天使？天堂？那些我曾经百思不得其解的问题，突然有了答案。

天使是死去的人。

死后也并不是一成不变的。

泛着荧光的墓碑遮蔽了我的视线。我产生了一个惊人的想法："或许我母亲并没有死在那个街角。"

"或许。"

这是个多么棒的词啊！

我又开始跑了。

我从墓地跑出来后，直奔接待厅，脱口便问托尼："我爸呢？"

"在牢房里。"他说。

"我得见他！"我气喘吁吁地说。

"他马上就出来。"他说，语气很平静。

"托尼，"我尖声叫道，"我得见他！就现在！"

他知道自己不该这么做，可谁让我是监狱长的女儿呢。他还是乖乖地拿起监狱的内部电话。一分钟后，另一名警卫慢慢打开了大门。我飞快冲过去，经过他身旁，穿过接待室，来到牢房。

"爸爸！爸爸！"我飞奔着，从铁窗后一个个瞠目结舌的犯人面前经过，跑到牢房尽头的父亲身边。"爸爸，你猜怎么着？"我激动万分地说。但当爸爸用他的手指按住我的嘴唇时，我停止了说话。他把我拉到一个空牢房里，让我坐在下铺。他不是很开心，有点生我的气。我们俩都很清楚，我违反了工作时间不能打扰他的规定。“声音小点，”他说，“告诉我，哪里起火了？”

“啊？”我说，“什么火？”

“什么事这么急吼吼的？”

我告诉他了。死亡、天使、天堂，以及玛格丽特·伯德和耀眼的墓碑，这些呼啦一下子全部脱口而出。爸爸脸上厌烦的表情渐渐消失，转而变成一种我无法读懂的木然。不过，他的眼神一直都没离开我，他的注意力一直在我身上。我抓住机会说：“所以，或许，妈妈现在就在天堂里，在那里她仍然活着。你说呢？”

有那么一会儿，周围的空气好像突然静止了。正在我情绪迸发的时候，一个警卫已经进来躲进牢房的暗处。然后，父亲对我笑了笑。我从不知道一个人的笑容竟可以如此悲伤。他轻轻地抚摸我的头。“当然了，凯米。”他说。就这么几个字。接着，父亲便挥手叫警卫过来带我出去。

“当然了，凯米。”

我还从没听人这么悲伤地叫我名字。父亲是个糟糕的演员，他在撒谎。这几个字，把我几乎还没成形的信仰连根斩断了。天使终究还是敌不过父亲。他的“当然了”轻而易举地磨灭了我的“或许”。如果连父亲都不相信天使，九岁的我，自然更不可能信了。唉，我终究不会在天堂见到母亲了。

24

因此，三年后的这个星期天，当别的小朋友去教堂认识天使和天堂的时候，我则骑上自行车去兜风。我想，我这么做，一定是为了出气。我生命中的一半时间似乎都在生某些人的气，比如我父亲、有妈的孩子们、男孩子、朋友、雷吉、艾洛达、送奶卡车司机，甚至包括我的母亲。如果我每个星期天都去教堂的话，肯定会把怒气撒向掌管天堂的诸神。我内心深处懵懵懂懂地明白，愤怒是魔鬼，会把自己给吞噬。但是十二岁的我，只知道必须要离开这个镇子，让自己和星期天保持一些距离。

尽管有艾洛达的宽容，操场上女囚们的崇拜，还有电影里巨大的水蛭，我仍然对自己星期五的糟糕行为感到抱歉。在短短的一小时里，我攻击了艾洛达和雷吉。再加上平日里对父亲乱发脾气，可以说，我已经折磨了生命中最重要的三个人。

我穿过镇子的车流，一直往西边骑……经艾瑞大街进入杰斐逊维尔……轧过埃及路上无尽的沥青……来到特鲁珀路……然后骑上辛宁桥，钢栏杆下，河流清晰可见……继续骑行，爬上山坡，来到富有历史的福吉谷。

我就这样一路骑着，不曾停歇，脚踩踏板来到福吉谷山，在山顶绕着瞭望塔转了一圈，然后顺着坡下来。我陶醉在连绵的山丘和一眼望不尽的草甸中，骑车经过许多我不知道名字的路。远远地，我好像听到酿酒厂的午饭哨声了。哪怕是星期天，哨声也从未间断过。

我继续骑啊骑，内心的某个声音，想要我一路骑到加利福尼亚。但是我做不到。从小到大，我虽然骑自行车到处转，但从没有去过离镇子更远的地方。我生命的纽带是那个街角——一个我既不能离开，也无法造访的地方。如果说，那天我的骑行有一个目的的话，那就是遗忘。因为事实上，让我内疚惭愧的，并不仅仅是过去几天发生的事。

1947年，对那场事故的调查，并不复杂。只有一个叫科尔比的送奶卡车司机和离事发地半条街区的一位行人，目睹了事故的全过程。他们的叙述一模一样。他们告诉警察，当卡车轧过母亲身体的那一刹那，她一把将婴儿车推开。两个人一致认为，卡车是在婴儿车碰到对面马路牙子的同时，撞上母亲的。婴儿车在马路边上停了下来，而我却飞了出去，他们猜测这是母亲用力过猛导致的。我躺在人行道上，但毫发无损。我能幸运地活下来，全是母亲的功劳——她的用力一推；她给我穿的粉色防雪服，不仅能抵御寒冷，还在我落地时起到了保护作用。不过，最重要的还是母亲对我那超越想象的爱。正是因为这份爱，她在生命的最后一刻，奋力将我从她身边推了出去。

后来，我长大了，有了足够的心理承受能力和思考能力，他们便跟我讲述了那场悲惨的事故。于是，关于事故责任的问题，自然而然地浮现在了我的脑海中。像这样一场悲剧，肯定是某些人的过错，或是某件事情导致的。

要怪罪司机吗？

在事故发生前，司机科尔比在萨普利牛奶公司没有任何不良记录。没有任何证据显示，他有超速或粗心驾驶。他也没有酒后驾驶。当时，他正在樱桃街上向西行驶，准备左转进入橡树街。那个年代，不是每个十字路口都是四向停车。橡树街上有停车标志，而樱桃街上却没有。因此，不，不是司机的错，他没有做错什么。很显然，这场车祸让他悔恨不已，因为事故当天他就主动辞职了。

责任也不在卡车，后续的检查发现，事故发生时，卡车的制动系统运行十分正常，没有任何问题。

我的母亲？难道她该承担这起事故的责任吗？当然不是了，和制动系统一样，她正常行走，没有任何过错。

上帝呢，是他的责任吗？似乎有可能，直到那天在牢房里，我恳求父亲听听自己的想法，当他耸耸肩否认了关于上帝、天堂、天使的一切，并口是心非地说出“当然了”的时候，他把我好不容易才从悲痛中走出来的心，又打回原形，也扼杀了上帝作为这场事故元凶的可能。因此，我不能责怪上帝。

现在只剩下我自己了。

是我的错吗？是我的调皮、大哭大叫、发牢骚，让母亲分心了，以至于她没有注意到迎面而来的送奶卡车？又或者是更好更积极意义上的那种分心？难道在卡车急速向前行驶的时候，我做了什么可爱的动作，把母亲的视线从街上吸引到了我的婴儿车里，让她忍不住低着头用鼻子爱抚我？过去，我无从得知。如今，我仍然一无所知。或许，我永远都无法知道了。

那个星期天，我在福吉谷群山上骑得筋疲力尽的时候，看到停车场上停了很多送奶卡车。过了一会儿，我发现自己正目瞪口呆、气喘吁吁，斜着身子靠在自行车上，单脚撑地。我已离开大路，身处草甸，自行车轮子没在深深的野麦丛中。我仰望天空，只见雄鹰在空中悠闲地盘旋，如同长了翅膀的风筝，又像黑色的天使。我陷入主日模式中，有那么一会儿，我想象它们应该是从那个街角一路追随我至此。我猛然清醒，匆匆离开了草甸。

沿着山坡，我一路滑行，离开了福吉谷，此时身后的群山在斜阳照射中洒下影子。出了福吉谷，穿越桥港市，经过赫克托巷，最后回到了镇上。当我在镇子中心商业街等红灯时，我听到右手边有些声音，仔细一听，感觉是枪上膛的尖锐咔嚓声，以及射击时发出的啪啪啪声。一个小男孩，肤色跟银河系奶糖的颜色差不多，正在用一把银色玩具枪“威胁恐吓”临街的商铺。他孤身一人，一边朝东走，一边啪啪啪射击。

正在这时，红灯变绿了，但我放弃了回家的念头，转身跟着小男孩去了。

25

为什么?

说实话，那个时候，我也不知道为什么，即便现在，我还是不知道。

我踩着自行车，沿着街道慢悠悠往前骑，小心翼翼地跟在男孩的后面。因为我不想惊吓他。整个中心商业街非常空旷，只有我们两个人。在那个年代，每到礼拜日，商店都会关门。

男孩身材瘦小，年龄五岁左右，系着白色腰带，上面别了一个手枪皮套，皮套很大，垂到他的膝盖处。红色的子弹悬挂在腰带边沿上的铁环里。磨损破旧的枪盖上，红丝带从枪膛处突出来，落在男孩的小手指头上。

我担心他可能会突然转身，发现我，然后朝我射击。不过，他没有这么做。他正聚精会神地扫荡整条中心商业街的店铺：费城烟草、祖莫五金店、凯特琳百货……“啪啪啪！”

男孩在米尔街右拐，朝莫欣角走去。

莫欣角是镇上的黑人区，从东中心商业街斜向铁路轨道，与河流平行。

当我来到街角，他已经走过半个街区，对着两三层高的联排房屋的砖墙正面，射击个不停。他在一个天蓝色大门的房屋前停了下来，朝着大门足足射了十秒钟。心满意足之后，他把枪放回皮套，大摇大摆地走上台阶。突然，他一转身，看到约五间房屋距离之外的我。他露出吃惊的眼神，掏出手枪，瞄准我双眼中间的位置。“啪啪啪！”他等了一会儿。过了一会儿，我才反应过来，于是配合他发出听上去就很假的呻吟声。接着，我倒下了——肩膀、双手和脑袋，都倒在了自行车车座上。我“死”了，甚至连眼睛都闭上了。我听见蓝色大门打开，又关上了。当我偷瞄的时候，男孩已不见踪影。

26

接下来的几天还是老样子，每天早上十点去探访女囚操场。

现在我有了钥匙，可以进去和她们一起了。我封自己为安抚宠物，并很认真地对待自己的工作。在我最异想天开的时刻，我曾想象，在我的监狱长父亲与一场惊天的监狱暴动之间，多亏有了个小小的我。

哈！每天早上，我打开大门的时候，从没感受到过平静。一见到我，她们就蜂拥而至，将我团团包围。这是我第一次体验到人气爆棚的感觉。她们问了我很多问题："马鞍鞋还流行吗？""这一周播出的《梅森探案集》剧情是什么？""给我们讲讲马尔文·爱德华·贝克！"

有一天，我心血来潮，带着呼啦圈去了。她们简直疯掉了。每隔一分钟，就会有一个不同的人套在身上转个不停。在操场上玩了两小时之后，我实在不忍心把呼啦圈拿走，便把它留在了那里。黄色的呼啦圈已经成为这座拥挤的灰色大院里的玩具。

我试着照顾到每 个人。我漫步在院子里，身后的跟班排成了队。无论是害羞的，还是阴郁的，我都主动打招呼。我在狄娜面前停了下来，她正躺在浴巾上晒太阳。我对着她那黑色的塑料眼罩，和她聊了会儿天，小心翼翼地生怕挡住她的阳光。接着，我轮流和海伦、特莎打了一会儿羽毛球。在这儿，静室没法儿做到的事情，我做到了。我每天回到家肯定都是一身的烟味。我自己倒是不可能抽烟。博博早就对外放出话来：“不要让我逮到你们偷偷给这个女孩烟。”还真没有人这么做过。

博博当然是想将我据为己有，但她也知道，如果她硬来的话，肯定会引起女监的暴动。我们之间达成了一个协议：最后半小时是属于她的。她管这个叫“博博时间”。因为囚犯是不允许佩戴手表的，博博每天是怎么知道什么时候是十一点半的，我一直搞不明白。“博博时间”一到，她便弹掉烟头，牵着我的手走进静室。我们俩坐在水泥长凳上，她的指甲盖红闪闪的，身上一股淡淡的草莓味，嘴里说个不停。

她聊昨日的往事、未来的打算，唯独不提当下。她告诉我，她出生于密西西比州，是佃农家中的第七个女儿。十岁的时候，来到双厂镇，做过舞女、秘书、美发师，还做过汽车餐厅的服务员。“夏凯吗？”我说的是镇子西边的汽车餐厅，“溜冰鞋？你？”她戳了一下我的鼻子说：“你要相信我！”她知道我在脑海里想象身形庞大的博博脚踏溜冰鞋的画面。她笑了：“丫头，那个时候我只有一百零七磅而已。”

我听得贼过瘾。博博入狱前的人生太精彩了，我真的很好奇，她哪还有时间入店行窃呢。

我讨厌听到午饭哨子声响起。她回去的时候，总是拿她那红闪闪的指尖，指着我问：“我出狱那天，会给你带什么东西？”我也用手指指她说：“红薯派！”

那个星期四中午，我正从后楼梯爬回公寓，突然听见前门有人在狠狠用拳头砸门，还有熟悉的声音：“凯米！快开门！”

我咧开嘴笑了，是雷吉回来了。

我早就收好了她散乱的45转速唱片，把它们放回她的《美国舞台》托特包里。我本来想骑车把包送回她家，放在门口的台阶上。但是，我又想了想：“甭管我那次有没有推她，即便她现在恨我，但她离不了她的唱片。她随时都会过来问我讨要的。”

我深吸一口气，打开了门。结果并不是我预想的那样。

27

果然，一打开门，便看见雷吉俏丽的脸庞、大大的眼睛，脸上倒是看不出什么表情，似乎她已经忘记我狠狠推她那件事了。不过，除了她之外，门外还有其他人，她们一起朝我大喊：“嗨，凯米！”

都是我的同班同学。我们之间的关系都还不错，但我觉得她们更像是雷吉的朋友，而不是我的朋友。我咧嘴微微一笑，心想雷吉这是怕不安全，所以才带了一帮子人过来。

她们全部拥入公寓内。除了雷吉，我之前也带过别的朋友来家里，但从没有一下子来这么多人。她们几乎从我身上碾压过去，转眼间就挤满了每个房间。

“他们在哪儿？”格伦达·西莫耶叫道。

“这儿，这儿，快看，监狱的操场。”厨房里传来古西·科恩尼克的尖叫声。

罗莎娜·斯科蒂站在我面前，气喘吁吁地问：“我们啥时候能看啊？”

“啊？”我说，“看什么？”

“就是参观参观。”

我看了看雷吉。

她朝我露出了灿烂的微笑：“我告诉她们你会带她们参观监狱。”

“甚至可以见到马尔文·爱德华·贝克！”罗莎娜·斯科蒂脱口而出。此刻，她们全都围在了我身边，喘着粗气，发出惊叹的声音。我真担心她们中间会有一两个人因兴奋过度而昏过去。

“不行，”我说，“监狱怎么可能让你们随便参观，这儿又不是美国独立纪念馆。”我转向雷吉，问她：“你为什么要跟她们说这个？”

雷吉耸了耸肩，好像在说：这有什么大不了的。“你可是监狱长的女儿，你完全能做主。你之前就带我去过操场。”

她们开始躁动了，你一句我一句地喊了起来：

“她见过囚犯！”

“她和博博说过话！”

“博博还给了她一根香烟！”

“我们要见博博！”

我瞪了雷吉一眼。“博博并没有给过她香烟，而且那也不算参观，我们当时是在铁丝网的另一边。”我下定决心，永远也不告诉雷吉，我现在不仅可以进入操场，还能随意和囚犯们混在一起玩耍。

堂娜·霍洛韦看起来都快要哭了："哪怕稍微看一下都不行吗？"

"就一小会儿。"古西·科恩尼克支支吾吾地说。

"对不住了，"我说，"规则不是我定的。"

"我们只看一个犯人也不行吗？"罗莎娜·斯科蒂哀求道，"这有何妨呢？"

"是啊，"格伦达·西莫耶插嘴道，"就看一下马尔文·爱德华·贝克嘛。"

"马尔文·爱德华·贝克！"堂娜·霍洛韦在一旁高喊着。

于是，其他人都跟着喊了起来："马尔文！爱德华！贝克！马尔文！爱德华！贝克！"

我只好苦笑起来，这真的又好笑又心酸。我试着表现出一脸遗憾的样子："真的抱歉，各位，他是单独收押的，只有警卫和我父亲才能见到他。"

即便如此，我仍然希望能稍微满足一下她们的愿望，可问题是有什么可以让她们看的呢？

"好吧……"我说，"或许……如果我能找到大门的钥匙……或许可以带你们去操场看一分钟。正好现在操场上没人。"她们顿时欢呼雀跃起来，仿佛我刚刚宣布了明天会下雪似的。"就一分钟！"我朝着激动的人群大声喊道。

正是在这个时候，艾洛达犯了一个错误。在这之前，她没露过脸。当我这帮同学冲进来的时候，她肯定躲进了卧室里。这会儿，她快速地穿过餐厅，溜进厨房。艾洛达只出现了两三秒钟，不过我这帮同学不是傻子，她们知道——我想她们知道——在监狱里穿着牛仔布裙子的人是做什么的。不断有人在我耳旁嘀咕着：

“那是什么人啊？”

“她是囚犯吗？”

“她在这里做什么？”

“她是要越狱吗？”

我厉声对她们说：“闭嘴。她是一名管家，在我家帮忙做事。”

罗莎娜·斯科蒂大睁着眼睛，吃惊地说：“她是你的用人？”

“是管家。”我重复道。然后，我手指着地板，说：“你们待在这儿不要动。”我把她们留在了客厅。我当时特惊讶雷吉竟然没有告诉她们，我们公寓里还有别人。

艾洛达在厨房里，正准备给我做午饭。我轻轻地碰了一下她的肩膀，小声对她说：“不要管我的午饭了，先出去吧。”

她明白我的意思，不需要我重复第二遍。

钥匙总是和抹布一起放在下面的抽屉里。我故意用力地开关抽屉和门，制造出很大的动静。一分钟后，我朝着客厅大声喊道：“好嘞，我找到了！”

她们嗖一下全跑过来了。

“好吧……”我说，“我不该这么做的……”我打开厨房的大门，背对着她们，“不许吵。只要有人说话——”

这帮家伙中间忽然传出一阵咯咯的笑声：“你就让我们统统蹲监狱！”

我和她们一起哈哈大笑。等她们都安静了下来，我领着她们从后楼梯走下去，穿过我们唯一的一小块泥地。地上长着一株孤零零的蒲公英，刚放假那会儿，它还是一朵黄灿灿的鲜花，如今成了一团土灰色的枯梗。我打开大门，转向她们。

“你们都待着别动。”

我走进操场，大声喊道：“吉姆！我现在带她们到操场里逛逛！就五分钟！”

他从塔顶朝我竖了竖大拇指。

我听到身后的雷吉在小声说：“他是警卫，谁敢越狱，就开枪打谁。”

我瞪了一眼雷吉，然后挥手示意大伙可以过来了。她们小心翼翼地鱼贯而入，吓得不敢吱声。起初，她们只是站在门里面，目瞪口呆地看着四周的一切。她们不仅仅是在享受，她们简直欣喜若狂。不需要有囚犯在场，她们已经和重刑犯们站在了同一块神圣的土地上，这里就是他们每天放风的场所。我祝贺自己，让她们度过了永生难忘的一天。

慢慢地，她们开始在操场上四散开来，开始还只是小心地试探，过了一会儿便放开胆子了。她们触摸高大的围墙，感受坚硬无比的石头。堂娜·霍洛韦抓了一把土，抬头看了看我，我没有反对。于是，她便把土揣进牛仔裤的裤兜里。

她们肯定打一开始就看到烟头了。因为地上到处都是，她们不可能看不到的。每周两次，会有专门负责的囚犯过来铲走这些烟头。过了一会儿，我听到有人在叫我："凯米！"罗莎娜·斯科蒂站在操场正中间，手里拿着一个长约一英寸的烟头。她做出把烟头揣进兜里的姿势。"可以吗？"她用口型问我。我点了点头。紧接着，这帮家伙一拥而上，疯抢地上一个又一个的烟头，然后塞满裤兜，尖叫连连，简直就像一群玩复活节彩蛋游戏的小孩。

五分钟早就超过了。我拍了两次手，她们终于跑过来了。我领她们穿过大门后，朝吉姆喊了一声："谢谢你，吉姆！"

"谢谢你，吉姆！"她们也跟着喊。

我锁完门回来，她们正聚在厨房里等我。古西·科恩尼克夸张地叫道："凯米，我们给自己起了个名字！"

"啊？"我说。

她一边紧紧攥着拳头，一边兴奋地蹦跳着："监狱小鸟！我们是'监狱小鸟'！"

她们五个人，喜笑颜开，对于自己聪明的想法，激动得要死。我还能说啥呢。"不错。"我只好说。

古西伸出手，其他人也把自己的手叠在上面，就像球队在比赛前加油打气一样。我最后一个把手放上去。"一、二、三！"古西大声地说道。

少女们整齐划一的尖叫声响彻公寓："监狱小鸟！"

28

那天下午像一场漫长的狂欢，只有年轻女孩才能撑得下来。在监狱操场上的每一秒钟、每一个动作，都被不断地拿出来讨论、回味。我们从市中心商业街的一头走到另一头。一路上，我们忽而咯咯傻笑，忽而放声大叫，然后一起购物，吃东西，跳吉特巴舞。就这么来来回回走了两遍。她们几个一边数自己捡了多少烟头，一边互相攀比着。古西·科恩尼克捡得最多，足足有十七个！她们把烟头并排地摆放在伍尔沃斯超市的午餐柜台上，结果害得我们被工作人员赶了出来。

关于监狱的提问从未停止过。我被问了十几遍："监狱到底怎么样啊？"我解说时，听众们都屏气凝神地仔细听着，那专注度，可是不少老师们在课堂上梦寐以求的。这与我在女子监狱里的高人气不同。这里没有高墙，我们在外边的世界。她们本可以把注意力放在任何地方，可却偏偏对准了我。

还有那台晶体管收音机。

她们走进公寓的那一刻，我就看见雷吉手里拿着的晶体管收音机了。这是一台粉红色的矩形塑料收音机，体积很小，比一副扑克牌大不了多少。我以前听雷吉说起过这种新式收音机。“它叫晶体管收音机，”她说，“你可以把它握在手里！”“不需要电线！”“你可以在任何地方收听音乐！”

这就是我们一整天所做的事。伴随着粉红色收音机里播放的歌曲，我们在市中心的商业街上手舞足蹈、蹦蹦跳跳。雷吉可真是喜欢这台晶体管收音机啊！简直是爱不释手。现在我明白她为什么懒得回来取她的唱片包了。

当然，“美国舞台”这四个字，已经被重复了上千遍。各式各样的问题雨点般砸向雷吉。

“你准备穿什么衣服？”

“你准备怎么报自己的年龄？”

“你真的会和汤米·D一起跳舞吗？”

下个星期五，我们会聚在一起，庆祝“《美国舞台》日”，这是我们自己创造的节日。

我们穿过史东尼河大桥，经马歇尔大街，进入西区的购物街。史酷比·嘟比甜品店，是我们去往西区的必经之地。我们每人买了一个双球冰激凌甜筒。时临7月，天气炎热，我们必须快速地舔冰激凌，早点让它下肚，不然没一会儿，冰激凌就化得手上到处都是了。这时，我想起了博博，她就是吃香蕉船吃胖的。

在我们排队买冰激凌的时候，我把雷吉拉到一边，对她说出了堵在心里一个星期之久的话："对不起，那天我推了你。"

她惊讶地看着我说："啊？"然后就什么也没有再说了。这句"啊？"以及她脸上的神情告诉我她早已把这件事抛在脑后了。我开始明白了，雷吉一直都是那么洒脱坦荡，从不负重前行。

至于我，我向来是个放不下的人。我突然想起那天在萨拉米香肠房，我透过窗户看见雷吉从法院大楼门口走过的情形，于是我问她："你开始抽烟了吗？"

这一次，没有惊讶的表情，也没有"啊？"，而是平日里的那个雷吉，绽放出一个电力十足的微笑，同时用手指点点我，示意我一起唱小甜饼乐队那首歌。"所以嘛，姑娘……"她唱道，然后等着我做出同样的手势。接着，我们就在史酷比·嘟比甜品店里，一起引吭高歌了：

你最好闭上嘴！

我们几个分开的时候，粉红色的收音机里正放着《我枕头上的泪水》。离别之际，我再次成为她们关注的焦点。她们似乎不想离开我。格伦达·西莫耶犹豫了一下，给了我一个大大的拥抱，几乎把我撞倒在地，然后扭头跑开了。

她们几个都住在西区，只有我一人要走很长的路回家。我沿着马歇尔大街兴高采烈地往回走，惊喜于自己新获得的人气。而在此之前，我一直以为自己不会在意什么人气不人气的。

当我走到西玛尔电影院门口时，内心的喜悦已渐渐褪去。回回如此。在我这里，光芒终会黯淡，甜蜜终会变苦。一个疑问如同剧院门口的遮檐悬于我的头顶：你的朋友们喜欢你，仅仅是因为你住在监狱里吗？我还真想不出来自己做过什么值得她们爱慕的事情。我是一个脾气暴躁、性格古怪的孩子，对待认识的其他小孩，或许还没有对监狱里的犯人们好。

你的朋友们喜欢你，仅仅是因为你住在监狱里吗？

等回到家的时候，我想我已经知道答案了：是的，就是这个原因。

29

我招募艾洛达·帕科当我妈妈的计划被暂缓了。抚摸我的脸颊，每天给我梳辫子，这些温柔的动作都让我感觉特别好——但美好的感觉，持续不了多久。我需要的不止这些，我想要更多。我想让她，如我渴望得到她一般，渴望得到我。我想让她用持续不断的关注告诉我：雷吉说得不对，你对我来说不仅仅是一份工作，你是我的孩子。

我尝试采用一种新的策略。这是我从监狱生活中悟出来的：监狱会给囚犯派一些体面的活儿做，比如做毛毯，或许做着做着，囚犯就被改造成了一个受人尊敬的公民。换句话说，一个人一旦长时间扮演一个角色，最后他很可能就成为这个角色了。

所以，我问自己：母亲们一般都会怎么做？她们抚慰你，疗愈你，斥责你，帮助你。她们告诉你应该做什么，去哪儿，怎么去，到了之后干什么。她们惩罚你。她们为你加油助威。她们告诉你，你是最棒的，即便你很逊。她们担心你，爱你，拯救你。

母亲的活儿。

我需要骗艾洛达去干更多母亲的活儿，骗她进入母亲的角色。

我有了一个想法。下次见到她时，我假装哭鼻子。她停下手中的扫把，抬头看了看我。“伤到自己了吗？”

“是的。”我一边说，一边抽泣。

“伤哪儿了？”

伤哪儿了？这个问题我之前还真没想过。我指了指膝盖。她掀起我的裤腿，发现膝盖上既没有割伤，也没有瘀青或者烫伤。她又弯了两下我的腿。“你没事儿。”她说，然后继续打扫卫生。

下一次我一定要好好准备。早上她给我梳辫子的时候，我突然想到了一个主意。那天早上晚些时候，当我去操场探访女囚们时，顺便捡了两个烟头。晚上睡觉前，我把一个烟头放到了废纸篓里，我放的位置比较显眼，这样她肯定能看见。另一个烟头，被我放在了床底下。

每天早上，艾洛达都会帮我叠被子，清理废纸篓。每周，她都会彻底地打扫一次我的房间。其实，即便没到彻底打扫的时候，她也一直在收拾整理我的房间，这几乎占据了她一半的工作量，因为我是双厂镇上最邋遢的孩子。

那天晚上，我躺在枕头上，兴奋到完全睡不着。我不停地想象着明天梳头时间的对话：

艾洛达：凯米小姐？

我：咋了，艾洛达？叫我凯米，不要叫小姐。

艾洛达：今天早上我打扫你的房间……

我：然后呢？

艾洛达：我发现了一些东西，实际上是两样东西。

我：哦，真的吗？

艾洛达：你有什么想和我说说吗？

我：没有，艾洛达。我能有什么事呢？

艾洛达：我只是问一下，因为……

我：怎么了，艾洛达？

艾洛达：这有点为难我了。不关我的事。

我心里想：艾洛达，不对，不对，这就是你的事。

嘴上说：你想问什么就问什么，艾洛达。

艾洛达：哦……好吧……你……是不是……抽烟了？

我：是的。

艾洛达：哦，不过……

我：咋了，艾洛达？说吧。

艾洛达：我知道不该这么质问你，只不过……

我：嗯？

艾洛达：我关心你。我知道自己平时没有表现出来，但我其实很爱你。你对我来说，不仅仅是一份工作。

我：谢谢你，艾洛达。你对我来说也不仅仅是一个管家。

接下来，她会告诉我吸烟的危害，我还小，雷吉可能给我带来坏的影响，等等。我在脑海里演绎了好几个剧本，都以同样的方式结束。

艾洛达：我想要你戒烟，以后别再抽了。

我：好的。

艾洛达：立刻马上。

我：好的。

艾洛达：如果我再逮到你抽烟……

我：哈？

艾洛达：再逮到你抽烟……

我：然后呢？

艾洛达：你会受到惩罚。

我：好的，夫人。

艾洛达：你在听吗？

我：在听呢，夫人。

艾洛达：听见我的话了吗，小姐？

我：是的，夫人，我听见了。

艾洛达：看着我，看着我。你会听话吗？

我：会的，夫人。

未来的画面向我展开。我看见艾洛达刑满释放，我看见我们俩在中心商业街上逛商店，我让她在魅力百货商店门口停下，告诉她："我想要这个！""不可以。"她说。"但是我想要！"我发牢骚道。我哀求、缠着她。我很开心，因为这一切都是我真心想要的：不是橱窗里的商品，而是一个真正的母亲，一个可以像其他孩子那样哀求、缠着的母亲。

哦，我多希望这样的场景能够早日成真！

我几乎一夜没睡。一大早，我就从被窝里跳了出来。我强迫自己慢悠悠地吃可可泡芙，给艾洛达留出足够的时间，让她在我房间里找出烟头。吃完早饭后，跟平时一样，我仍然坐在凳子上。跟往常一样，我放下手中的汤匙。没过多久，艾洛达便出现了，手里拿着梳子和橡皮筋。她站在我身后，用梳子把我的头发往后梳。我试图从她的动作来判断她是愤怒还是失望，她有没有比以前更用力地拉扯我的头发。我太紧张了，几乎喘不过气来。接下来只有一个结要打了，这一套动作结束得太快了。只听啪的一声，她用橡皮筋扎住了我的马尾。"好了。"她说，然后轻轻地拉了一下马尾的发梢，这就意味着头发已经梳好了。那声"好了"，是她说的唯一一句话。

当我一摇一晃走进卧室时，感觉双腿就像意大利面似的。我看了一眼废纸篓，发现里面的烟头不见了。床底下的烟头也不翼而飞了。

她发现了烟头，她知道了。

然后却什么也没说？

哎呀，对了！我太蠢了！我凭什么认为她马上就会有所反应呢？她肯定需要时间想想该怎么和我谈，怎么处理这件事。这可不是用人的事情，也不是她的工作。这件事是个人的私事，是母亲的活儿。

我需要对她更宽容些，不能要求太多，还要尽力让自己变得更平易近人，在她面前多晃悠，让她能经常看到我，对她友好些。为此，我也不去女囚操场玩耍了。我试图引导她和我聊天，给她预热的机会。毕竟，她这个人比较安静，甚至有点冷淡。

她干活儿的时候，我问了她一些问题，但她的回答基本上都是一个字。

午饭时间到了，我吃完后，她还是没提烟头的事儿。

我找了一些理由，跟着她从一个房间到另一个房间。其间我喊了很多遍她的名字。“艾洛达，你觉得……怎么样？”“艾洛达，你以前……？”这些把戏是我从父亲那儿学来的。当侦探调查嫌犯时，他们重复地喊嫌犯的名字，是有用意的，这样可以让嫌犯们放松警惕。

然而这一招不管用。艾洛达并没有斥责我。相反地，我的碎碎念逼得她开始用胡佛牌吸尘器打扫了，这样她就不用再听我在一旁唠叨了。

我不耐烦了。一个孩子究竟要怎么做，才能遭到惩罚呢？我冲出公寓，来到接待厅，朝痰盂里吐了口痰，搬起自行车，推门而出，来到大街上，跑进市政厅附近的集市，买了两块银河系糖果塞到嘴里，然后就去骑行了。

嘴里嚼着糖，脚蹬着自行车，我内心的挫败感渐渐被驱散了。骑着骑着，我突然想起了自己曾在艾洛达·帕科的来访表上看到过家属一栏写了“姐姐”二字。

30

赫克托巷与马歇尔大街的交叉口处有一个电话亭，我快速地翻阅通讯录，果然，电话本上只有一个叫帕科的人，家住瑞典大街428号。骑车到那里只需要三分钟。

我把自行车停在房子的对面。这是一栋联排的房子，有门廊和灰色的墙板。侧院狭窄，围了一圈黑色锻铁的栅栏。房屋前窗装了软百叶窗，但都紧紧关上了。

房前停了一辆车，尽管我踩在汽车温热的引擎盖上，努力保持平静，但心里还是很慌。时间就这样一分钟一分钟地过去了，可我依然没看到一个长得像艾洛达姐姐的人，橘红色头发或其他什么颜色的头发，一个也没有。我在脑海里想象自己用力捶门，门开之后，我该怎么说呢？

我是监狱长的女儿，艾洛达·帕科在我们家做保洁，我想知道她是犯了什么罪被抓进监狱的。

她明明在我房间里找到了两个烟头，为什么毫不在乎呢？

她真的很狂野吗？

她为什么总是闷闷不乐？

忽然，二楼的百叶窗打开了，像极了一双受到惊吓的眼睛。我突然没了勇气，赶紧溜之大吉。

我骑着车子在镇子里游荡。我以为我在漫无目的地瞎逛，但我的坐骑似乎比我更清楚目的地。拐了一个又一个弯之后，我的自行车把我带到了米尔街的莫欣角。自从那个星期天之后，我一直在想那个用枪“射杀”我的男孩。

我在山顶停了下来，从这儿，可以看到山左边半山腰处那扇天蓝色的大门。

我沿着峡谷一排排红砖房子前的路滑行而下，路两边排列着停放的汽车。这里不是北区，没有车库，没有车道，也没有前院。

几个小朋友在路边玩耍嬉闹，跳房子，跳绳，哈哈大笑。突然间，有个什么东西打到我了——或者说是击中了我的自行车。只听一声响，自行车的辐条被砸中了。我低头一看，原来是个苹果核。

“命中靶心！”不知从什么地方传来一声尖叫。然后，从两辆汽车中间，弹出一把小小的棕色手枪，瞄准我的脸，扣动扳机：“啪！啪！啪！”

虽然看到他我很激动，但加农炮弹凯米可是争勇好斗之人，岂能轻易忍受别人袭击我的自行车。当他把手枪放入皮套里，朝我喊“让我骑一下！”的时候，我那火暴脾气几乎一触即发了。

他不是在询问。

他的双唇紧紧地抿着，试图把我的手从车把上掰开。他用了两只手才掰开我的食指。我松开了双手，这小子想从我前面爬上自行车，可惜他太矮了。我把手放在他的身体上差不多两侧的肋骨部位，然后把他举起来，放在我男式自行车的横梁上。小家伙的双脚在横梁下方和我的腿之间晃来晃去，胳膊伸向前面，然后大声喊着：“出发！”

我心里深处的某个地方有一个声音悄悄地说：“这不是个好主意。”但别无选择了，因为小家伙又重复了一遍：“出发！”

我们就这么出发了。

一开始，他想自己骑车，双手紧紧抓住车把，拱起肩膀，身子努力往前倾，脸部几乎触碰到了前车轮。“吭哧吭哧……”他不停地低吼着，“快点……再快点！”他不停地想要蹬车轮。我不得不凶他，命令他不要乱动。小家伙太小了，不敢反抗，只好乖乖地听话。

“转弯！”当我们快到华盛顿大街时，他喊道。我掉转车头，骑到一半的时候，他又嚷嚷着：“停车！停车！”于是，我又在另一栋红砖房子前停了下来。他把手放在嘴边，做出喇叭状，朝房子大喊：“嗨，赫比！”

眨眼间，这个叫作赫比的小朋友就出来了。赫比也是个黑人小孩。“赫比，看我！”赫比还没来得及仔细看，车上的小骑手就在我的大腿上狠狠地捶了两下，他把我当成了一匹马。“驾！驾！”我只好遵命。“去公园！”他回头大喊道，“去猴子山！”留下赫比一人站在那儿羡慕不已。

在街区的尽头转弯时，我告诉他：“我们不去猴子山。”我突然意识到，坐在我自行车横梁上的这个小家伙，性命全由我掌控着，我最好拿出点掌控者的范儿来。

“去中心商业街！”他叫道。

“不去，”我说，“那儿人多嘈杂。”

“去河边！”

于是，我们骑着车，顺坡而下来到河边。已经一个月没下雨了，斯古吉尔河开始展示自己的骨骼——之前被河水淹没的树干、岩石。我停下自行车，教他在水边常用的一些小技巧。比如，怎样把浅水泥潭中的石头给抠出来，找出底下活蹦乱跳的小龙虾。我还告诉他什么样的河边岩石底下有蝾螈，怎么用扁平的石头打水漂。当一只蚜蝣掠过水面时，我得阻止他蹚水去追逐。我们俩还比赛谁打水漂打得远，结果他赢了，当然我是故意让他的。

我们沿着河边继续骑了一会儿，来到康舍霍肯的轧钢厂。那个时候，这个地方特别热闹，轰隆作响的柴油机、进进出出的卡车、烟囱里喷出的浓烟、耀眼的火焰，以及一眼望不到头的运煤车。此刻，他变得很安静，抬起头好奇地盯着碱性氧气设备看。这些设备高耸在我们头顶，宛如四方形的红色黏土山丘。

我的注意力则集中在我眼前这颗小小的棕色脑袋和两只招风耳上了。

接下来，他做出了一个动作。那个瞬间，我至今依然珍惜。只见他从车把上松开双手，在微风中，舒展双臂，身子靠后倚在我身上。我感觉到他的头抵在我的胸前，我的心在幸福地歌唱。我尽量骑得平稳，保留这美好的时刻。然而，美好总是稍纵即逝，他摆动了两下双臂后，就又身子前倾，俯在车把上了。

不知为何，直到此时，我才想起问他："你叫什么名字？"

他随口回答道："安德鲁。"

安德鲁。

一位母亲给他起名叫安德鲁。

他没有问我的名字。

我们掉头返回小镇。

我们在杂草丛生的小路上骑行的时候，他突然大喊了一声："停车！"我紧急刹车，担心他会受伤。我还没来得及阻止他，小家伙已经从横梁上跳下来，迅速穿过马路，从泥土中捡起一个什么东西。原来是一个空的苏打水瓶子。那个时候，孩子们经常到处捡空瓶子，然后以每个瓶子两美分的价格卖给店铺。他们就是靠卖瓶子来赚些买糖的钱。当他重新回到自行车上时，我心想：这是个小商人。我们又继续向前骑了好一会儿，在穿过一处铁道涵洞时，小家伙冷不丁地突然大叫："哇哈！"然后用力将瓶子往空中一抛。瓶子在我们身后落下，砸在混凝土桥底，摔得粉碎。

我捏紧车闸，停了下来，往回看，发现桥底通道的路面上散落了很多玻璃碴。这个时候，已经有一辆汽车正往地下通道驶来。我抓住他，双手掐住他瘦小的上臂，不停地晃动，厉声叫道："以后不要再这么做了！你不能做这样的事！你怎么回事啊？"

直到看见他脸上露出惊恐的表情，我才意识到自己刚才的反应过激了。我误以为他目瞪口呆是不知悔改的表现。于是，我又晃动他小小的肩膀："你听到了没？"

他弱弱地说了声："听到了！"

我把他小小的下巴托在手里，就像握着棒球一样问："你——听——到——了——没——有？"

他突然扑到我怀里痛哭起来："对不起……我再也不敢了……再也不敢了……"

我抱着他，内心五味杂陈，心潮起伏，抬头望向蓝色的天空，然后深吸几口气。这对我来说真是件很新鲜的事儿，因为我一小时前才遇到这个小孩。

渐渐地，他的哭声变小了。他小声地啜泣着，双臂搂着我，紧紧地抓住不放。我轻柔地将他推开。"好了，"我告诉他，"都过去了。"我用上衣的下摆擦去他脸上的泪水，说道："好吗？"

他点了点头，用一种我从未见过的眼神望着我。我想只有母亲才能看到孩子这样的眼神。

"好了，那么……"我说，低头看了一眼前面的路，"去马尔西怎么样？"

他高举双臂，脸上的神情忽然由悲转喜："嘿！马尔西！"

"好咧，掉头，抓住车把，抓紧了！"

他开心地照做了。于是，我们一起向镇上进发，伴随着他一路兴奋的呼声："马尔西！……马尔西！……"

马尔西有世界上最好吃的刨冰。安德鲁想要根汁汽水味的。当然了，他要大份的。我给他买了。又给自己来了份中杯的柠檬味刨冰。我不准备单手骑车载他，所以我俩坐在圣救主教堂前的马路牙子上吃刨冰。我中杯的还没吃到一半，安德鲁就吃完了他那份大杯的刨冰。

回到车上，我们掉头驶向米尔街。山下的那排房子里，唯独那栋蓝色大门的房子最显眼。一个女人坐在门前的台阶上。她在看见我俩的那一刻，立马站了起来。这场梦，瞬间化为泡影。

我滑下山坡。她在马路边上等着。她在浅黄色连衣裙外罩了一条格子围裙，头发包在鲜艳的柠檬黄头巾里。她交叉着手臂，显然不太高兴。

安德鲁大喊："妈咪！快看我！"他妈咪脸上的表情却

没有任何变化。

我滑行着，停下了自行车。女人恶狠狠地瞪着我俩，可安德鲁并没有察觉到。“妈咪，我们骑车去兜风了！”他语气夸张地大喊，“把镇上玩了个遍！我们去河边打水漂了！我赢了！我们还去马尔西吃了刨冰！我吃了一大杯呢！”

“下来。”她说。我把他扶下车。他跑到她跟前，伸出胳膊，紧紧抱住她的腿，把脸埋进她的围裙。

可她的眼睛一眨不眨地盯住我。“怎么回事？”她问我。

我能怎么回答呢？我只好一只脚点地，倚在自行车上，发呆。这倒不是因为我想不出答案，而是因为答案太多了。

“你想拿我孩子干什么？”

“他想搭我的车兜风。”我如实回答。

“他还是个小宝宝。”

安德鲁扯了扯她的围裙：“我不是小宝宝了。我五岁半了。”

“你是谁？”她问。

你是谁？

这大概是我有生以来第一次听到这个问题。在我的印象里，双厂镇的每一个人都该认识我。即使不知道我的名字，也该知道我的身世——那个家住监狱里的女孩，那个母亲舍命从送奶卡车下救回的女孩，镇上性格最古怪的小孩，假小子，加农炮弹纵火犯。

“你的名字。”她逼问道。

啊哦。我要不要告诉她我的真实名字，让她知道我就是郡立监狱里地位最高的那个孩子？

我随口说：“克莱尔。”

“克莱尔什么？”

“克莱尔……琼斯。”

“你家住哪里？”

“艾瑞大街上，夫人。”

她向前几步，来到我跟前，直到她的身子挡住了我的视线。“你不能就这么过来，”她在努力控制自己的情绪，我感觉她要打我了，“带走我的孩子。”她嘴唇抿成了一条线，鼻孔愤怒地出着气。“他认识你吗？”她的眼睛死死地盯住我。“安德鲁，你认识她吗？”

“认识啊，妈咪。她是我朋友，她请我吃了马尔西家的刨冰。”

“你不能这么做，不能不打招呼就这么做。”她捶了下我的胸膛，“你打过招呼吗？”

“没有，夫人。抱歉！”

我感到自己的嘴唇在颤抖。我暗自祈祷：别哭啊。

“你没有。”这会儿，她的语气，她的目光，都变得温柔了，“所以不能就这么随随便便把一个小孩从街上带走，连招呼都不打一声。”

“我知道了，夫人。对不起！”

“我还看到小龙虾了，妈咪！”他拽着她的衣裙。她往后退了一步。

“你多大了？”

“十二岁，夫人，快十三了。”

她又退了一步。我呼吸有些急促。她沉思着，似乎在打量我。“安德鲁，进屋去。”她厉声说。安德鲁飞快地跑上大理石台阶，跑进屋里。她跟着他走上台阶，然后在最高处停下来。她没有进门，反而转过身来，看着台阶下的我。“你也进来。”最后，她说。

我不理解，于是站着不动。

“快点，”她说，“你要把苍蝇放进来了，我和你还没完。”

我把自行车倚放在砖墙边。我一边爬着台阶，一边想，这大概就是罪犯的感觉了吧。我进屋后，那扇蓝色大门在我身后关上了。

31

一阵香味扑鼻而来。就像餐厅里的气味，但又不完全像。就像一家花店的气味，但也不完全像。我每天闻到的玉米肉饼的香味，很单一，就只有一种气味。而这……这是……一个气味复杂的地方。

接着是色彩。我走进的这个房间，是红色的，红的墙，红的天花板。接下来的第二个房间，是和大门一模一样的天蓝色。家具上罩着流苏披肩，像孔雀尾巴似的。

房间里到处摆满了植物，它们大多开着我叫不出名字的花。房间一角，一个赤陶盆里，种着一株巨大的植物，或者说，是一棵小树，高至我的腰间。它硕大的叶子十分柔软、丝滑，我感觉它们完全可以用来制作棒球手套。

还有篮子！各式各样的编织篮子，有的形状我从没见过，还有一个特别大的，我甚至可以爬进去。

这里面完全是另一番天地，双厂镇似乎被那扇蓝色大门彻底隔绝在了门外。

这会儿，安德鲁已经坐在餐桌边，他正啃着苹果。此时此刻，我也不太想告诉他妈妈，他都拿苹果核干了些什么。她邀请我也坐下来，和他一起吃点东西。阳光从一扇临河的窗户透进来，把身后的墙染成了金色。

安德鲁一边啃着苹果，一边和一个穿短裙的女孩子唠嗑，跟她讲述我们骑车兜风的见闻。她在灶台旁忙碌，可能也有在听他絮叨，但其实目光一直在我身上。她是个比我大几岁的少女，十七岁的样子。她大概是安德鲁的姐姐吧。她的肤色比其他人白皙，比起身上的巧克力色夹克，更接近银河系牛轧糖的颜色。她光着脚，涂着水蓝色指甲油。

"这么说，"她说，"是你绑架了我老弟。"

"没有，"我辩解道，"我们只是……"话说到一半就打住了，因为她突然哈哈大笑起来。

"嘿，我妈没告诉你吗？我们一直盼望着某人来把他绑走，好让我俩休息一下。啥时候都行。"她用力拧了拧安德鲁的鼻子。安德鲁尖叫一声"啊！"，但看上去似乎并不疼。

"别开玩笑了。"她妈妈说着，来到灶台边，接替了她的位置——她正在用木勺搅动一口大锅里的东西。

"什么叫绑架啊，姐姐？"安德鲁突然问。

他姐没理他。"要喝姜汁汽水吗？"她问我，"还是牛奶？我可以给你做成巧克力牛奶，或者冰茶？"

"姜汁汽水吧。"我说，并记得加了一句，"谢谢啦。”

她给我倒了满满一杯。这时，安德鲁说：“我也要。”

他姐指着他说：“闭嘴，吃你的苹果吧，你已经在马尔西吃过刨冰了。”她盯着他看了一会儿，说：“肯定是你强迫她带你兜风的，对吧？”

安德鲁抗议道：“我没有！”他向他妈妈求助：“妈咪，告诉姐姐我没有强迫她做任何事情。”

“他有乱扔瓶子吗？”他姐死死盯住我。

我看看她，又看看安德鲁。“啊……”

他姐一拍椅背说：“我就知道。”她转头看向灶台边的她妈妈，喊道：“妈妈——”

正搅动着大锅的妈妈只说了一个词儿：“靴子。”

安德鲁哀号一声，吐掉口中的苹果：“不要啊！”

他姐凑到他脸前，噘着嘴唇说：“靴子。”

“不，妈妈！”安德鲁大叫，“不要靴子！我没有乱扔瓶子！是吧？”他猛地扯了扯我的拇指，我的姜汁汽水被他晃得溢了出来。

灶台边传来第二声催促：“快点。”

安德鲁哀号着、踢打着、大哭着喊“不要！”，但他还是去了。他踉踉跄跄地走出厨房，啪嗒啪嗒地上到楼上。当他回来时，我看见他的一条腿裹在一只及膝的橡胶雨靴里。雨靴对他来说太大了，他不得不拖着脚走路，好似有一只小动物正扒在他腿上。这是我这辈子见过的最滑稽的场面了，我忍不住扑哧笑了出来，立刻扭过头去。他姐溜进我旁边的座位。“他特讨厌这只靴子，”她悄声说，“这是唯一可以惩罚他的……”话说到一半，她就忍不住咯咯笑了。安德鲁的妈妈站在灶台边，背对着我们。她弓着背，手上的动作越来越快。

安德鲁铁青着脸回到座位上，继续啃他的苹果。

“你吃辣吗？”他姐姐问我。

“吃的，夫人。”我回答道。

“我可不是什么夫人，”她说，“你留下来和我们一起吃饭吧。”

从绑匪到座上宾，这变化真快。不过，我心里乐开了花。

这位小姐姐颇令我着迷。和她妈妈一样，她也戴了一副超大的耳环，大到乒乓球可以从环中穿过。水蓝色的手指甲和脚指甲，和她米色的皮肤很相衬。我很好奇她的化妆品是否也是在伍尔沃斯买的。我想，即便以雷吉的标准来看，她也完美得无可挑剔。

“妈妈，”她说，“把收音机打开。”

她妈妈伸出手，咔嗒一声打开了放在灶台上方的白色收音机。WIBG电台的音乐缓缓流出，注满了整间厨房。WIBG是所有孩子都爱听的电台。我脑海中浮现出雷吉和她的粉色晶体管收音机。

“所以，克莱尔……”小姐姐突然说。

我四下张望，想克莱尔是谁。接着，我想起来了。“是的，夫人……抱歉……怎么了？”

“你读几年级了？”

“快升七年级了。”

“啊。”她点点头，一脸佩服的样子，“马上就是初中生了。”

“是的。”

“快十三了啊。”

“是的。”

“你继续叫‘夫人’吧。我还挺喜欢的。”

“好的，夫人。”

“你听到了吗，妈妈？”

妈妈顽皮地点点头：“听到了，夫人。”

小姐姐上下打量着我。“十三岁了。”她似乎看见我就忍不住笑，“是个少女了呀。”

电台接下来播放的是《找份工作》。小姐姐开始跟着音乐的节拍摇头晃脑。安德鲁啃完了苹果，想把苹果核塞进姐姐的耳环，但塞不进去。他又啃了几口。再次尝试。成功了！

“十三岁。”小姐姐说。

“少女了。”她妈妈说。

“嗯，快了。”我说。

“你看《美国舞台》吗？”小姐姐问我。

“偶尔看。”我说，“我朋友雷吉快要上那个节目啦。”

“真的，”小姐姐说，“她真的要……”她突然从座位上弹起来，做了一个我从未见过的摇摆动作，“在上面跳舞？”她又重新坐下。

“是的。”我说。我在想雷吉会不会小姐姐刚才的动作。

《找份工作》的高潮部分来了。小姐姐跟着音乐一边哼唱，一边用指关节在桌子上敲打节拍。安德鲁爬到小姐姐的腿上，也跟着敲打起来。我也打起节拍。他们的妈妈也拿木勺有节奏地敲着锅。

嘀嘀嘀嘀嘀嘀嘀嘀
嘛嘛嘛嘛嘛嘛
找份工作

我们一起开心地笑了，还没笑完，电台接着开始播放小甜饼乐队的歌。这次，只有我一个人跟唱：

不要说我
宝贝的坏话

我一定是站起来了，因为突然间，我发现自己是从上往下地在看着小姐姐和安德鲁。他们的妈妈也从灶台边扭过头来，一只手上还拿着木勺。

他很好

他对我很好

我只关心这点

他们的脸上洋溢着快乐，我突然明白了雷吉为什么想要成为明星。最后的最后，小姐姐也突然站起来，和我站成一排，我俩齐声唱道：

所以嘛，姑娘，你最好闭上嘴！

屋里一片欢腾。

我们太吵了，都没听见开门的声音。于是，下一秒，我们都被一个男人洪亮的声音吓了一跳："我回家啦，刚从盐矿上回来！"

我认识这个声音。一个矮小敦实、皮肤黝黑的男人走进了厨房，他身穿斯古吉尔河谷巴士司机的灰色制服——斯特朗先生，他是我每年春天的公园棒球学校的指导老师，他教内野手中级课程。

当看见我出现在他家厨房时，他一下子愣住了，一脸惊诧，眼睛和嘴巴大张着，成了三个夸张的O形。接着，他整张脸又笑开了花。“哇，哇，哇——瞧瞧谁来我家了，游击手小姐，凯米·奥莱利。”

他一说出我的真实姓名，厨房里顿时安静下来，只剩下WIBG电台DJ的声音。

终于——我感觉过了几小时之久——小姐姐吃惊地问：“是她啊？”

斯特朗夫人也如梦初醒：“监狱长的女儿？”她勺子上的辣椒酱滴到了地板上，但她毫无察觉。

32

我迎着夕阳，踏车前行。夕阳就像一只大橘子，挂在普惠电车栈桥的下面。今天发生了太多事情，让我神魂颠倒、头晕目眩。我发觉自己在笑。自从厨房里的那段即兴歌唱表演后，我就一直在笑。甚至在我支支吾吾编造了一个理由，解释自己为何假称“克莱尔”时，我也一直在笑。

我在西中心商业街上飞驰，直到发现自己多骑了一英里路，才回过头来，往家骑去。

爸爸坐在客厅里，正守在那台爱默生牌黑白电视机前，观看米尔顿·伯利的节目。我希望能够悄悄溜过去，但没那么走运。

“你回来晚了。”

“天还没黑呢。”我指出。我们定的规矩是，天黑之前必须到家。镇上大多数孩子，甚至包括小孩子，家里都这么规定。

“你错过了晚饭。”

“没有，我在别处吃过了。”

“哪里？”

“朋友家。”

“哪个朋友？”

“你不认识。”

“你说说看。”

“斯特朗先生。”

“你棒球学校的教练嘛。”

“没错。”我有点吃惊，他竟然还记得。

米尔顿·伯利出场了，穿得像个小丑。他那双可笑的鞋子几乎和舞台一般大了。底下的观众已经笑疯了。

“你应该打电话说一声。”他说。

“哦。”

“如果你不回家吃饭，要打声招呼。”

“哦。”

他从电视机前转过头来：“听见了没有？”

我突然惊觉：原来他是在担心我。

“听见了。”我说。

他又转过头去看电视了。“还有，别跟人干架。”

哈？“那是N年前的事了。”

“关于打架的这一条规定，永不失效。”

多年以后，我才慢慢能够欣赏我老爸独特的幽默感。

“是托尼出卖我在先的。”

“不是托尼也会有其他人。”

在某种程度上，我明白他想说什么：我爱你，我担心你，我和我的人会照看你。可我不愿意听。我不希望给予我一切所需的关心、照料的，是我父亲一人。因为我希望给予我这一切的人，不是他。我希望那个人是艾洛达·帕科。于是，我默默地走开了。

他一句话，又让我停下了脚步：“你不用谢我。”

我转过头：“谢你什么？”

“钥匙。”

自从女囚操场的钥匙出现在早饭桌上，我们俩谁也没向对方提起过这件事。

“谢谢。”我说，“我现在可以走了吗？”

“谁拦你了吗？”

于是，我转身离开了。

我躲进自己的房间，关上门，好好回味了一遍今天发生的事情。多么神奇的一天，多么精彩的一天。这一天，开始于艾洛达坚决不肯因为我留在房间里的烟头而训斥我，甚至不愿承认她找到了它们。接着，是我骑车来到她位于瑞典大街428号的家门口——只远远看了一眼。最后，是这一天的压轴大戏——我和安德鲁及斯特朗夫妇一家人共度的美妙时光。就像我经常看艾洛达一件一件地洗衣服那样，我也一条一条地整理着自己的想法和情绪。

我激动，为着成千上万个说不清道不明的理由。

我惊喜，一个小小的孩子竟然可以把平淡的星期二变成这么美好的一天。

我嫉妒，嫉妒安德鲁拥有这样一位母亲。

我高兴，为安德鲁拥有这样一位母亲而感到高兴。

我感激到无以言表，对那位母亲和她在马路边与我的对峙。因为在她恶狠狠的眼神中，我似乎瞥见了自己的母亲十二年前的影子——凶悍地爱护着孩子。在这一点上，她俩是姐妹。这位妈妈也会在一秒之内毫不犹豫地用自己的身体为孩子挡住卡车吗？

我喜形于色，心头暖暖的，在那一瞬间，安德鲁丢开车把，伸出双臂，迎着微风，将自己小小的身体向后靠在我身上，这突然给了我一种前所未有的体验。

我痴心妄想。和斯特朗一家人围坐在厨房餐桌边，吃辣椒酱和玉米面包时，我在想：我也想要这样的生活。

我遗憾。艾洛达不肯配合我完成我寻找妈妈的游戏。

我满怀希望。或许，她已经在配合我了，虽然配合度只有一点点。因为我发现，我的那份晚餐餐具——盘子、杯子、刀叉、餐巾——仍摆在桌上，等待着我。

我笑着，睡着了。

33

一阵熟悉的敲门声响起，将我吵醒。“凯米！快开门！”

雷吉之前答应过我，为我展示她上《美国舞台》准备穿的衣服。明天就是大日子了。

几分钟后，我穿着睡衣，坐在沙发上。艾洛达也坐在了我旁边，是我要求她的。历史性时刻，就得与人分享。

雷吉从我面前匆匆跑过，钻进我房间。她拖了一只小行李箱。不一会儿，她像个模特似的走了出来。她扭动着身子，做出风情万种的样子。她简直完美，看上去就像一位十七岁少女，不，二十五岁的女人。

粉色针织衫，纽扣在后背。

丝巾，一抹粉红和炭色，侧系在肩头。

黑色包臀裙。

雪白的袜子。

黑白凉鞋。

她仿佛刚从电视里走出来，走进了我的客厅。

“哇”是我唯一能够说出的话。艾洛达哼了一声，便起身走开了，去继续打扫房间。

“再看看这个。”雷吉说着撩起裙子，一只凉鞋踩在沙发上。她扯下白色鞋带，换上了粉色的鞋带。她对新换上的粉色鞋带特别中意。“你得做点不一样的事情，才能够脱颖而出。”

“但电视上又看不见你鞋带是粉的。”我提醒她，那时的电视仍是黑白电视。

她晃了晃脚：“迪克·克拉克会说出来的。”

我也见过雷吉兴奋的样子，但这次简直打破了纪录。康尼·麦克体育场的棒球赛，公园的烟花大会，马尔文·爱德华·贝克的入狱，那些场合都有一个共同之处：兴奋感是被很多人一起带动的。但这次……这次的兴奋全来自眼前的这一个女孩，如同把一座沸腾的体育馆的全部喧嚣挤进了一间客厅，连沙发上的沙发垫都似乎在噼啪作响。在我的记忆中，她闪闪发光。

我知道这么问很冒险，可我还是忍不住问了：“他们非要你证明自己的年纪怎么办？你肯定他们会让你进场吗？”

雷吉白了我一眼，似乎在说，真不敢相信你问出这种问题。“那么你呢，你会让我入场吗？”

我的疑虑打消了。

我又试着问了另一个问题：“你觉得到时候会有星探在

场吗？”

“长长脑子吧，凯米。”她说，“那可是费城啊，那里遍地都是星探。法比安，弗兰基·阿瓦隆……你只需坐在门前台阶上，等待被发掘。估计我还没进门就被星探挖走了呢。”

楼梯上响起脚步声。

雷吉赶紧冲进我的房间。我爸走了进来，去他的卧室拿了样东西，又出去了。雷吉再次现身时，又换回了她平时在双厂镇穿的衣服。她上《美国舞台》的那套服装，已经放回了行李箱里。

她夸张地做了个擦汗的动作。“好险。”

“你跑什么呀？”我问她。

“节目开始前，我的装束不能被任何人看到。”她说。

“那我呢？”我说，“我看见了呀。”

“你不算，你是凯米。”

莫名地，这句话让我感觉贼好。

“这就好比婚礼开始前任何人都不准提前看新娘穿婚纱的样子。”我说。

她踢踢我的脚说：“没错，除了新娘的妈妈。”

“为啥？”我问她。

“因为妈妈要帮她梳妆，为她打点准备好一切。”

“所以我就像那个妈妈。”我说。

“是的，你就像妈妈。”她说。

她走到门口。“下次你看见我的时候，”她张开双臂，“我就在电视上啦。”

我站在楼梯平台上，看她一步步走下台阶。走到一半，她停下来，转过身对我说：“你要一直看着我哦。当你看到我摸耳垂时，那就是我给你的暗号哦。”说着她咚咚咚跑下楼梯，出了大门。

34

节目下午三点半才开始，可是不到三点，我们就已经坐在地上，守着我家的那台电视机，目不转睛地盯着某部愚蠢的肥皂剧看。堂娜·霍洛韦穿了一件浅灰色T恤。还不到三点一刻，她的腋下已经汗湿了一大块。格伦达·西莫耶打翻了她那杯苏打水，两次。古西·科恩尼克和罗莎娜·斯科蒂情绪异常激动地喋喋不休。我看了看自己的手，发现有一处破了，渗出了一滴血。我刚刚扯掉了拇指指甲盖边的一根倒刺。

换句话说，我们都太激动了。不仅仅是因为雷吉，在某种意义上，也是为了我们自己。雷吉是我们的使者，先我们一步，走进了我们的未来。连我也承认，在这个未来里，我们会遇到许许多多的男孩子，和他们跳舞，拥有一段段浪漫际遇。但现在，我们还是我们，五个盘腿坐在客厅地板上翘首等待的女孩。

终于，肥皂剧播完了。古西和罗莎娜也安静了下来。广告时间结束，突然之间，来了来了，《美国舞台》的主题曲在我的客厅里欢快地响起："吧叨啪，叨啪……"接着，屏幕上出现了迪克·克拉克那张充满青春活力、白皙干净的脸和他身后坐在露天看台上的一排排青少年们。他在讲话时，古西突然惊叫道："堂娜！"

我们都扭过头去看。

只见堂娜躺在地板上，看样子似乎睡着了。当然，这不可能。

"我想她是昏过去了。"格伦达说。

那一刻，事情变得有点棘手了。我们已经把目光从电视上移开五秒之久了，再久就不堪忍受了。我们不约而同地转过脑袋，重新看向电视屏幕。露天看台上的少男少女们正拥向舞池。"看那个是贾斯汀！"罗莎娜尖叫道。这时，堂娜仍躺在我们中间，她的脸色和她的T恤一样，灰白灰白的。我知道，必须采取措施了。突然，我想到了一个好办法。

"艾洛达，"我喊道，"艾洛达！快过来！"

那之后，我就只记得那台十五英寸黑白电视上的事情了。我猜艾洛达肯定来过，帮忙处理了堂娜的状况，因为我们这位昏过去的朋友很快又坐了起来，和我们一起看电视。

每当镜头扫到露天看台或那群跳舞的孩子时，我们都会凑到屏幕前，凑近了仔细看。"在那儿……""在那儿……"我们空欢喜了好多次。最后，当汤米·D和他的固定舞伴阿琳娜·霍尔茨一起走上舞池时，我们的心都突然一沉。镜头对准其他有名的常驻嘉宾贾斯汀和鲍勃时，我们看都懒得看了。

迪克·克拉克把麦克风递给了那群孩子，一一问他们的名字。没有一个是雷吉。

杰基·威尔逊上台了，假唱了一首《孤独的眼泪》。

排名第一专辑投票环节开始，又结束了。

依然没见到雷吉的身影。

时针早已走过四点钟。这时，堂娜突然尖叫：“她在那儿！”我们吓了一跳。

她不在露天看台上，也没有跳舞。厉害了！整个屏幕都是她。没有其他人，没有汤米·D，没有贾斯汀和鲍勃。只有雷吉和迪克·克拉克。她笑盈盈地站在台上，光彩照人。她落落大方，看起来就像这个舞台上的常客。我们的雷吉。

“今天，我们有幸请到……”迪克·克拉克说着把话筒给了雷吉。

很多孩子在这个关头，只会呆呆地盯着迪克·克拉克手中的话筒，很多连话都说得磕磕巴巴。有的则停顿半天，想了半天，才蹦出一个字儿来。可雷吉不是。话筒递给她时，她下巴扬得高高的。她连看都没看话筒一眼。对着镜头，她不仅转过了脸，还大大方方地转过了整个身体。镜头捕捉到这一刻，一点点拉近，跳过迪克·克拉克，直到雷吉一人的脸庞占据了整个屏幕。这时，她说——不，她大声宣告——自己的名字是：“雷吉·温斯坦！”

我们心中一阵骄傲。接着，迪克·克拉克又问道：

“雷吉·温斯坦，请告诉我们，你的鞋带是什么颜色的，好吗？”

雷吉笑咯咯地回答道：“是粉色的。”

“还有，你来自哪里呀，雷吉？”

雷吉右手握拳，高高举起，对着全世界大喊：“双厂镇！”

虽然演播室的露天看台上没有太热烈的反应，但汉考克郡某监狱楼上的某间客厅里却炸开了锅。

我们只顾着疯了，漏听了迪克·克拉克接下来的话，以及雷吉活力满满的回答。之后，他指向公告板，雷吉则往上钉了一面奖旗，上面写着：斯图尔特中学。而事实上，我们都还没踏进过那所初中一步呢。

接下来，迪克·克拉克朝舞池一挥手，背景音乐响起。他说：“现在，我的小姐，如果你愿意的话，请带领我们进入罗伊德·普赖斯风靡全美的单曲……《个性》！”于是，我们看见雷吉走向站在舞台四周的常驻嘉宾们，然后……

“哦，天哪！”古西·科恩尼克大喊道……

“哦，我的天！”罗莎娜·斯科蒂尖叫道……

……只见雷吉径直走向汤米·德贝内代托，在阿琳娜·霍尔茨恶狠狠的目光中，牵起了他的手。两人一起走向舞池，走进全美午后电视的焦点，跳起了吉特巴舞，跳起了她和我一起练过多次的推滑步——这次，她的舞伴，可是汤米·D本人啊。

35

结果，那段聚光灯下的舞蹈，是她最后一次与汤米·D共舞。不过，节目最后半小时，她一直在屏幕上。慢舞，快舞——一个又一个梳着鸭尾头的可爱小男生，纷纷邀请她做舞伴。

她不像那些常驻嘉宾，从不假装自己不知道镜头的存在。她大大方方地对着镜头微笑，对着电视机前的两千万观众微笑。最后一段舞——一段慢舞，瑞奇·华伦斯的《堂娜》（堂娜·霍洛韦激动得又差点昏过去）——快结束时，雷吉最后一次看向镜头。有那么一秒钟，她丢开舞伴的手，直视着电视机前两千万观众的眼睛，绽放出一个灿烂的笑容，并摸了摸耳垂。那一刻，我只听到瑞奇·华伦斯在唱——“你在哪里？”——却看不见雷吉的身影了，因为泪水模糊了我的视线。

录制完节目，她本可以直接回家。然而，她却搭乘地铁和普惠电车回到镇上，又从火车站直接赶往监狱，急吼吼地跑上楼梯，来到我家的公寓。幸亏我让门一直开着，否则她真的有可能一头撞上去了。我已经打开了唱片机，播放着音乐。

我们一起欢呼，一起尖叫。五个人同时拥上去，要和她跳舞。她把节目组给她的入场券送给了我们。我们每人撕下了邮票大小的一块，留作纪念。

我们一起冲下楼梯，尖叫着，冲到大街上，准备去镇上吃饭庆祝。（我爸那天晚上自己一个人吃晚饭。）我们来到东中心商业街上的林凡特餐厅，挤进一个卡座，痛痛快快地吃了一顿潜艇三明治——双厂镇特产的超大号三明治。我们边啃着塞满洋葱的三明治，边七嘴八舌地聊天。这时，坐在我对面的雷吉突然冲我眨眨眼，并摸了摸耳垂。我也冲她眨眨眼，悄悄说了声“谢谢”。

夜幕降临前，我们已各自回到了家，但互相之间仍电话不断，直到深夜。我们已经对第二天——7月4日独立纪念日的聚会迫不及待了。

36

街上玩具枪砰砰作响，楼梯里樱桃爆竹噼啪燃放，空中哨声阵阵，草地上到处是烟花棒。

但在女囚操场上，7月4日似乎只是寻常的一天。狄娜照旧在日光浴；海伦和特莎一边打羽毛球，一边拌嘴；人们互相点烟，香烟亲吻着香烟。

那天，博博在静室里给我讲述的故事，是她有一年在公园袋鼠跳比赛中夺冠的经历。她那年十岁。她的搭档是一个小男孩，名叫雷蒙德。他是她从人群中抢来的。“雷蒙德才五岁，”她悄声说道，好像怕被比赛裁判听到似的，“但即便在同龄人里，他也属于个子矮小的。他看上去就像个三岁的孩子，而且他体重很轻很轻，跟一粒花生米差不多。”

他的体重是她那招妙计的关键。她把他扔进麻袋里，一条腿在里，一条腿在外。她告诉他要坚持住，跟上她。然后，随着裁判一声“开始！”，他俩出发了。雷蒙德那么小，那么轻，她感觉就像她一个人在比赛似的。他坚持到了终点线。裁判们经商议后，认为她并没有犯规，于是只能宣布她——和雷蒙德——赢得了比赛。“冠军是博博·邓巴小姐！”喇叭播放道。她绘声绘色地向坐在水泥长凳上的我描述当时的情形。奖品是一篮子美味多派。

“我把柠檬味的给了他。”她说，“我讨厌柠檬。”她揉揉她的大肚皮，“你知道剩下的派都去了哪儿。”

酿酒厂的哨声响起，宣告午饭时间到了。就在女犯人们陆续往回走时……

“我出狱的那天，会给你带什么？”

“红薯派！”

很多女犯人问我那天晚上会不会去看烟火大会。她们的语气，她们的眼神，似乎都在告诉我，7月4日于她们而言，绝非普通的一天。

我们这群“监狱小鸟”来到了公园。公园里，已经到处支满了烧烤架和野餐桌。目之所及，到处是毛毯、光脚丫、恶魔蛋，还有画着脸谱的人、袋鼠跳比赛、婴儿爬比赛、踩高跷的山姆大叔、露天舞台上的理发店四重唱、才艺表演……

毫无疑问，人们以为自己是在为美国的一百八十三岁华诞而庆祝。他们错了。全国各地的庆祝游行、烟花大会、野餐和演讲——其实都是在庆祝雷吉·温斯坦那天在《美国舞台》上的精彩表现。我们从露天看台逛到动物园，走到哪里，都有人大喊：

“雷吉！”

“我昨天看到你了！”

“雷吉！”

拜我们这位名人朋友所赐，起码有上百个人从自己的毯子或野餐桌上，拿东西送给我们吃。平均每两分钟，都有一个小孩来找雷吉索要签名。

我们经过露天舞台时，碰巧又一个孩子在台上吹单簧管。雷吉碰碰我的胳膊说：“喂！就是他。”

“哈？”我说，“谁？”

“是他呀，那个暗恋你的男孩，那天在监狱门口遇到的。”

台上的男孩结束了表演，把乐器从面前移走——没错，就是他，那位路霸少年。他迅速地向台下观众鞠了一躬，挥挥手，便在观众的热烈掌声中退场了。

我也碰碰她说：“你疯了吧，他怎么可能喜欢我呢。”

“他刚刚朝你挥手了。”她低声说。

我纠正道：“他是在对所有人挥手。”

还好，焦点很快又回到了她身上。

“是雷吉·温斯坦耶！”

“嗨，雷吉！”

“嗨，雷吉！”

至少有上百名女孩问了她和汤米·D共舞的感觉如何。这简直成了一个固定问题，后来我们几个忍不住开始替她回答了，和她一样，先满不在乎地耸耸肩，再用她的原话答道：“没啥大不了的。”

才艺表演结束后，一支费城哑剧演员弦乐队登上了舞台。接着，汉考克郡纪念乐队开始在暮色中演奏。有小孩子开始大喊：“烟花！烟花！”

世界上最漫长的等待，莫过于7月4日晚上人们对夜幕降临的等待。双厂镇的居民们都聚集在美国退伍军人协会的棒球场上。在内野区的沙地上，插在地上的烟花管，就像巨人下巴上的胡子楂。一辆救护车开了进来，停在挡球网外。接着，又来了一辆消防车。小孩子们尖叫着跑来跑去。大人们则仰头看向天空，等待天色变暗到恰好的程度。毫无预兆地，传来一阵沉沉的、震荡人心的重击声。一声哨响，划破夜空。树林上空传来一阵塑料起皱似的沙沙声——“在那儿呢！”……“在那儿呢！”——红的、白的、蓝的“珍珠”，和石榴子一样晶莹，如华盖般在夜空中绽开，映照在一张张写满惊奇的脸庞上，又缓缓洒向公园。

成千上万双眼睛，向上仰望着，惊喜不已。我在想，茫茫人海中，是否有那么一双眼睛，属于艾洛达·帕科的姐姐？

看着绽放的夜空，我想起了监狱里的犯人们。我好奇他们是否也能听见这轰隆声。我想象着带领他们，走出囚室，踩着梯子，爬上墙头。他们并肩坐下，双腿悬在空中，惊讶和喜悦点亮了他们的脸庞。

最后的压轴礼花，爆裂声撼天动地，犹如战舰在轰炸。结束来得突然而意外。全镇人民还都目瞪口呆地等待着下一颗烟花的出现。“这就没了？”这时，救护车的前照灯打开了，在夜色中闪烁。烟云从内野场上升腾起来。我们不情愿地从场地上站起身，打道回府。

我和朋友们在婴儿泳池边道了再见，便向铁轨走去。那年代，不少孩子出公园时都爱走这条道，即便在深夜。我已经走过许多次了。

我正准备开始轧铁轨，却听见有人喊：“凯米！”

37

是路霸少年，他一路小跑着追上了我。他背着一只类似小型黑色手提箱的箱子。然后，我想起来了：是单簧管。

“嗨。”他说。

“嗨。”我说。

“烟花很不错哪。”

“是的。”

上回我们见面，还是在本垒板上。那次，我狠狠虐了小本尼·豪斯一把。我很惊讶，那件事过后，他居然还愿意和我说话。他一如既往地戴着一顶费城人队的棒球帽。

最近，我本来打算给自己也搞一顶戴戴，现在我决定还是算了。我们并排走在枕木上，街灯离我们越来越远。很快，我就看不清他了。

“比我老家的烟花好看多了。”他说。

连不善交际的我也懂，现在我应该接着他的话，问：“你老家是哪里的？”但我没问。

“我老家在庞苏托尼。”

“这个镇的名字真够傻的。”我心想。

虽然黑暗中我眼睛看不清楚，但耳朵仍能听见很多声音。前方和后方，男女老少的声音，回荡在没有月光的夜里。许多人家结伴走在从公园回家的路上。成百上千双脚，踩在铁路煤渣上，发出类似于水泥卡车在路面上滚压的声音。

我可以感觉到他在盯着我，渴望我开口回应他。

最后，他只好语气夸张地说“庞苏托尼”，用的是疑问语气。

“所以呢？”我说。

“土拨鼠知道吧？”他说。

“哈？”我说。

接着，他开始给我科普了。告诉我庞苏托尼的土拨鼠费尔和全世界的目光如何在每年的2月2日投向宾夕法尼亚的这座煤矿小镇：看庞苏托尼的土拨鼠费尔能否看见自己的影子，以此来判断冬天是否还将持续六个星期。我也听说过土拨鼠和它的影子的故事，不过我一直以为这只是无稽之谈。

他突然哈哈大笑起来，我看不出来有什么好笑的。“所以，自从我搬到这儿，每当我告诉别人我是从庞苏托尼来的，他们总是很惊讶地说：‘呀，你看起来不像土拨鼠啊。’”他又狂笑了一阵，他真的快笑到原地爆炸了。我特别想说“你那么有才，真该上台表演讲笑话”，但还是忍住了。

我想，他来自外地，这就很能说明问题了。比如，他为什么会浪费时间和镇上最乖戾的小孩凯米·奥莱利在一起。

“我叫丹尼·拉派拉。”他说。

“好名字啊。”这句话一出口，我就知道自己听上去会是个多么刻薄毒舌的人，但他依然笑了笑。

“很高兴遇见你，凯米。”他说。

有某样东西碰了碰我的胳膊，移开了，接着又碰上了。他竟然在摸我！我想。紧接着，我才意识到他原来是想和我握手。我决定赏他这个面子。我们的手在黑暗中摸索着，快速握了一下，就放开了。

“在监狱门口遇见你那天，我还真不知道你就住在监狱里。”他那充满惊叹的语气我听到过不下一千次了。可更令我讨厌的是：他竟然在四处打听我。

“现在你知道了吧。”我说。

然后，就像其他所有人一样，他问道：“你认识里面的犯人们吗？”

“不要问和犯人有关的问题。”我说。

“好的。”他说。如果说他知道我是在指责他，那他还真没有表现出来。“那么，你看见我朝你挥手了吗？”

我突然意识到两件事。一是震惊：原来雷吉是对的，他确实对我招手了。二是可恶：这小子太会套路我了。

“没。”我说，我决定戏弄戏弄他，“啥时候的事儿？”

“才艺表演上。”

“你参加才艺表演啦？”我说，装出一副感兴趣的样子。

“我表演了单簧管。”

“那是你啊？”

“是啊，是我，表演结束后，我还朝你挥手了呢。”

我又渐渐看得清他了。我们快走到乔治大街的尽头了，那里有一盏路灯。我定定地看着他：“你为什么那么做？”

他目瞪口呆地看着我，被难住了：“我也不知道……我只是……”

“那里有那么多人，”我指出，“谁知道你在对谁招手？”

他赶紧争辩道：“没有没有。对你，只对你。我看见你了，和你的朋友们一起站在旗杆下面。”

我抽抽鼻子说：“不好意思，想不起来了。”

看他紧张不安的样子，真好玩。

“好吧，”他说，“那你至少不讨厌我的音乐吧？”

“什么音乐？”我说。

“单簧管音乐。”他说着，让我看他背在身上的乐器盒。他的语气越来越沮丧：“那你至少还记得有人用单簧管吹了一支曲子吗？”

“什么是单簧管？”我说。

就是这儿了，到底线了。如果他还有点理智的话，肯定要跳起来打我了。但我猜庞苏托尼的孩子就是蠢，连被人戏弄了都不晓得。

他只说了句“是一种乐器”，声音如内胎碰上钉子般泄气。

我突然想到一招，可以彻底把天聊死：问他“你赢了吗？”，逼他回答“没有”，然后再补一刀“那意思就是你输了？”，逼他回答“是的”。可最终我没那么干。我只说了句：“哦。”让不愉快的氛围就这么存续着。

到这个份儿上，他应该识相点儿，赶紧灰溜溜地趁夜色离开。然而，他反倒来了精神，开始一个人自言自语起来。他的独白持续了一路。他给我念叨起他收集的邮票，他养的狗比丘，他对低地大猩猩和瑞典肉丸的喜爱，以及他对“厌世者”一词的复杂感情。他告诉我他马上要升七年级了——“和你一样！”——他对此既紧张又兴奋。

他还告诉我在他老家的煤矿小镇上，人们怎么庆祝独立纪念日。人们在易拉罐上打孔，然后把易拉罐绑在绳子上，再将燃烧的煤渣放入易拉罐里。然后，他们拉着绳子，挥舞着易拉罐，在夜色中舞出一个个闪亮的圈。“你真该看看那场面，”他滔滔不绝道，“上百人同时这么做！”

那一路上，我只记得丹尼·拉派拉一直在讲个不停，直到他突然说：“好了，我们到了。”我抬头一看，啊，确实，那座城堡，我的家，就在眼前，在夜色中若隐若现。我大吃一惊。然后又对自己吃惊的原因感到恼火：我竟对他的絮叨听得入了迷。

我厉声对他说：“我不需要你送我回家，你知道的。我想去哪儿都可以自己去。我一个人骑自行车去过福吉谷，还一直一个人在深夜里轧铁轨。”

“好吧，”他说，语气太过愉快，“再见啦。”挥挥手，他就走了。

我不由自主地愣住了。有句话从我脑子里掉出来，滑到了我嘴边：你看起来一点儿也不像土拨鼠啊。可我什么也没说，钻进了屋子。

两天之后，我听说了他在才艺表演中荣获冠军的消息。

又过了一天，我翻开字典，查了查“厌世者”这个词。

38

虽然我久久沉浸在和安德鲁共度的那段美好时光中，但独立纪念日前后的那段日子，我都没再骑车去米尔街玩过。为什么？我有点害怕，害怕自己太过在乎，害怕自己说错话，做错事——我可是加农炮弹凯米！——从而毁了那天的美好回忆。

然后，运煤车来了。

1959年那会儿，镇上的房子大多靠石油和天然气供暖，而不是煤炭——除了我们这座大房子。父亲向郡里打报告，申请改善监狱条件。大部分请求都得到了批准，可郡里就是不同意建燃油退火炉。

在监狱靠近小巷的那侧，还没到操场的地方，有两条绿色楔形井道，在石墙下凸出着。两条井道之间相隔二十英尺宽。它们各自用一把巨锁锁着，那是我见过的最大的锁。煤就是从这里运进来的。冬天，煤让整座监狱暖融融的，犯人们在牢房里，经常穿件内衣就可以了。（我是这么听说的。）就像静室、圣诞派对和隔一周一次的牛排，用煤取暖也是我爸的一个创举。用他的话说：“监狱是悔过的地方。冷得瑟瑟发抖，只会让你痛苦，并不能让你产生忏悔之意。”

于是，每年夏天一次，到冬天则是每月一次，一队满载着煤炭的格莱士卡车，出现在监狱外的巷子里，从井道一直排到马歇尔大街上。井道口敞开着，一对木板样的滑槽伸入黑咕隆咚的井内，然后一卡车一卡车的煤就这么滑进去了。一名警卫站在井道边，看守着，直到井道被重新锁上。

7月送煤的那天早上，我打开后门，让滑槽运煤的轰隆声迎面扑来：那声音，简直如滚滚雷声在深不见底的井道内响起。我关上门。今天不去操场了。

艾洛达正在打扫浴室。我坐在客厅地板上一个人玩着大富翁游戏。我不知道门外有人，直到听见一阵敲门声。运煤的轰隆声盖住了楼梯上的脚步声。

我知道肯定不是雷吉，她从来不会这么早过来，而且她也没要求过再去一次女囚操场。她现在对监狱的兴趣，仅限于马尔文·爱德华·贝克一人。

我一哆嗦，想到有可能是丹尼·拉派拉。自那晚之后，我就没再见过他了。我一直在努力克制自己，不去想那晚的事情究竟意味着什么。如果我真的以为门外是他，我肯定会赶紧跑开，躲到床下，让艾洛达去开门。但那敲门声，像小孩子的手敲出来的，不像大孩子的。

我打开门，是安德鲁。

他笑嘻嘻地看着我，张开双臂说："他们不让我来，但我还是来了！"

另一个我——影子的我，离开了我的身体，一把抱起他，举高高，挠他痒痒，逗得他大笑不止。而我——皮肉和骨头的我，却只说了句："嗨。"我有点不安，但不知道为什么会不安。我很快就找到原因了。

他皱皱眉问："那是什么声音？"

"运煤的声音。"

"我们家也有煤。"他说。然后，突然，他看向我身后，一脸惊呆的表情。他手指着我身后问："那个人是犯人吗？"

我一转身，看见艾洛达站在餐桌边目瞪口呆地看向我们这边。

"不是。"我抱住他的小肩膀，告诉他，"她是一名管家。现在……"

他从我怀里挣脱出去，开始在公寓里上蹿下跳，叫道："我想看犯人！"

艾洛达转眼不见了。

我追着安德鲁，一路追到了厨房。他正趴在后窗上往外看。他指着窗外问："那是啥？"

十点钟还没到，女囚们还没出来。"那是犯人放风的操场。"我告诉他。

他突然高兴起来。“开合跳。”他跳了几下。

“对的。”我说，“让大家都保持好身材。”

我把他拉走，他又跑回窗边问：“他们在哪儿？”

“还早呢。”我告诉他。突然，他从后门溜出去了。我赶紧追上他，在楼梯底下逮住了他。我又把他拖了回来，他一路扭动着、抱怨着。

艾洛达等在厨房里。“让他走，”她一边说，一边指着前门，“快点。”她的表情，她的语气，似乎都在说：别惹我。

安德鲁一下子愣住了。我不信他会乖乖离开，所以把他扛到了门口。我站在楼梯口，看他走下台阶。中途他又突然转身往回跑，我赶紧关上身后的门，站在门前，堵住他。但他这次想要的不是看囚犯操场，而是我。他撞入我怀里，给了我一个紧紧的拥抱，就像那天我看见他对他妈妈做的那样。我来不及回他一个拥抱，他便咚咚咚地跑下楼梯，穿过接待厅，冲到了大街上。

我打开门，发现艾洛达就站在门后。

“把门关上。”她说。

我关上门。我以为她会往后退，可她并没有。我第一次与她站得那么近，近到可以数清她眼睛下边和鼻子上的雀斑，并闻到她手上的抹布散发的柠檬洗涤剂的清香。外边，煤正轰隆隆地滑入井道。

“你知道你在干什么吗？”她说。

我听不明白她在说什么。

“你不能这么做。”

“做什么？”我问。接着，我想起了安德鲁刚到我家时，我心中的不安。

“把小孩子带到这儿，带到这样一个地方。”

“艾洛达，”我说，“我没带他来啊。是他自己……”

“不许回嘴。你给我听着。”

自我辩护一点儿用也没有，而且我突然发现，我甚至根本不想为自己争辩。机缘，把我最梦寐以求的事情送到了我面前。她在斥责我。

“是，夫人。”我说。

“下不为例。”

“是，夫人。”

“不要让小孩接触这样的环境。”

“是，夫人。”

“而且我，”她把手指向身后的院子，“我们。我们不是用来展览的。我们不是畸形秀。”

“是，夫人。”

她一手捏住我的脸。

“你听见了没有？”

我浑身发抖。“听见了，夫人。”

她狠狠捏着我的脸，直到我的嘴被挤成了鲇鱼嘴。“你要好好的，走正道，听到没有？”

“是，夫人。”

她捏得更用力了。疼痛既令我惊恐又使我兴奋。她冲着我大喊：“卡米尔？”

运煤声轰隆隆响。我也冲她大喊道：“是，妈妈！”

我们俩都被我刚刚那句话给惊呆了，目瞪口呆地看着对方。外面突然安静下来：煤运完了。我抢先打破僵局，飞奔进自己的房间，留她在原地对着门发呆。

39

自那之后，我们就像两只家猫一样，小心翼翼地躲着对方。如果我在客厅，艾洛达就躲在洗衣间。她在厨房时，我就待在别处。平日里，每当午饭的哨声一响起，我便马上从女囚操场跑回来，在厨房的餐桌边和艾洛达碰面。安德鲁意外到访的第二天，我出于习惯，还是准时跑回来了。等我走进后门，却突然瞥见厨房里一抹牛仔蓝一闪而过。餐桌上还留着半杯冰水、面包屑和一条没用过的餐巾——我认识的艾洛达，是不会在家里这么慌张失礼的。从那以后，每当听到哨声响起，我便故意在操场上磨蹭一会儿，踢踢烟屁股，然后再慢腾腾地——脚步声很重地——上楼。这样我总能看见一间空无一人、整洁如新的厨房。

最令人痛苦的时刻，发生在每天清晨。平时，我一吃完麦片粥，她就站到我身后，一手拿着梳子，一手拿着橡皮筋。那个时候，我感到她的手在我的头发上娴熟地一下下地捋着。只有那个时候，是我一天当中最接近被母亲宠爱呵护的时刻；只有那个时候，我们才会在一起交谈聊天。

这样的时光一去不复返了。因为我害怕面对她，所以我现在选择在厨房的餐桌上吃早饭，而不是吧台。我希望借此传达一个信号：离我远点。这办法奏效了。现在，没人给我梳头了。我甚至不敢相信，曾经有一度，她竟然会因为我要求扎丝带而傻傻大笑。我们对彼此冷若冰霜，无话可说，关系日益疏远。

当然，躲开艾洛达最好的办法是离开镇子。于是，我去骑行。每天不间断地骑行。我骑到了福吉谷，东诺瑞顿，西诺瑞顿，康舍霍肯……几乎每个地方都去过了，可就是没往镇中心和莫欣角骑。毫无来由地，我仍然害怕靠近安德鲁·斯特朗。

卡米尔！……卡米尔！……

我每踩一下脚踏板，便在脑海里回放一次艾洛达的话。她对我生气，冲我大叫，我毫不介意。我的名字，竟从她的嘴里说了出来。安妮·奥莱利给我起的名字。卡米尔！不，她还没有如我所愿叫我“凯米”。但，也不是我最讨厌听到的“凯米小姐”。

我骑车经过瑞典大街428号那座带门廊的房子。经过了三次，也没见到艾洛达姐姐的身影。

镇上共有十一棵桑树。我骑车来到每棵桑树下，爬上去，坐在树枝上大口吃着桑葚，把自己身上和马路牙子都染得乌紫。

我骑车来到公园。我探索河边。我采摘树莓，红的，黑的。我漫游动物园。棒球手套不再挂在我的车把上。我也不再往少年棒球联盟球场附近去了。有一次，我去奈德家吃了一根一英尺长的热狗，在店门前的台阶上，我看见了棒球场上打球的小子们。丹尼·拉派拉也在那儿，戴着他的红色费城人队棒球帽。我接着朝前骑去。

每天上午，我继续和操场上的女囚们打成一片。还有博博，我比以往跟她走得更近了。她那一个个精彩的人生故事，听得我激动不已。舞娘，旱地滑冰手，马戏团驯兽师……虽然坐在我身边水泥长凳上的只有博博一人，但有时她一人堪比十人。

博博对水情有独钟，她称之为“明亮的水”。她说这一说法来自她从小长大的密西西比河三角洲地区。“我那会儿骑着鳄鱼上学呢！”她手舞足蹈地对我说。若不是她狡黠地冲我眨眼和偷笑，我差点就当真了。

虽然她从小生活在阴郁的沼泽地，可她从未放弃过对“明亮的水”的梦想与渴望，即便经历了人生的几多沉浮与曲折。尽管她时常对我说“我要住在一片明亮的水边”，可我从没把她的话当回事，认为那不过是一个梦罢了。一种犯人们自我安慰的想法，一个监狱里提振精神的白日梦。

直到那天，她向我坦白。

她淘气的眼神变得认真，声音也变得低沉。仿佛有人会偷听似的，她把我拉得更近，对我说：“我要向你坦白。”

她话一说出口，便开始观察我脸上的表情。我猜了半天，只能把这句话理解为她就要违背犯人们的经典原则——拒不认罪了。

“博博，”我也压低声音对她说，“你不必坦白了，大家都知道你做过什么。你天天四处吹嘘自己是有名的商店扒手。”

她发出了一个奇怪的声音，像砰的一声打开苏打汽水的声音。“那件事我不干了。”

“不干了？”我想起她向我传授的偷盗技巧，“我还以为咱俩要搭伙儿一起干呢。”

她突然很凶地吼道：“谁告诉你的？”吓了我一跳。

“抱歉。”我迅速反应过来，自己会错意了，虽然还不知道她到底想说什么，“你的意思是？”

她一挥手。“所有那一切都过去了。”她低头看着我说，“知道我打算做什么吗？”

“什么？”

“安定下来。”

我不明白这算哪门子“坦白”，但我决定还是不要再纠结文字游戏了。“不错啊。”我说。

“结婚。”她说。

“赞。”

“生子。”

“赞。”

“生六个。”

“哇。”

她往后挪了挪说：“太多了？五个怎么样？”

“不多，不多。”我赶紧说，“他们都是你的孩子，六个正好。”

“我名字都起好了。要听吗？”

“当然。”

她倒背如流。看来，她早就想好了这些名字。“奥黛丽，安吉拉，阿黛尔，阿莫斯，阿兰，阿尔文。”她咧嘴笑道，“有没有发现什么？”

“都是A开头的名字。”我说。

“还有呢？”

我没看出来，问道：“什么？”

“三个女儿，三个儿子。”

我一拍凳子：“啊，对呀！”

接下来，她告诉了我德兰西·沃辛顿的事情。

40

她和他相遇在一个夏日。

她刚刚在中心商业街上做完“采购”。通常，她会直接回家“卸货”，把内衣里夹带的东西拿出来。但那天的天气实在太好了，特别适合在户外走走，而且街对面正好就是法院大楼后边紧挨着人行道的一个小公园。她穿过大街，来到公园，坐在那台灰色的一战纪念加农炮下边的长凳上。

她刚坐下的那一分钟，公园里只有她一个人。她说那是她人生中“第二美好的时刻”。那一分钟里，她就坐在那儿，沐浴在阳光下，看中心商业街上来来往往的行人和车辆，还有驶往终点站的普惠电车。看着这美好的一切，她不禁莞尔一笑。尽管裤子里塞满的东西让她坐得很不舒服，她也毫不在意。

沙伊特酿酒厂的哨声响起，法院大楼里一半的工作人员似乎都拎着饭盒和纸袋，来到公园的长凳上了。

其中一位，是个高大英俊的男人。他在博博那张长凳的另一端坐下了。他打开三明治的那一瞬间，香气扑鼻而来，博博忍不住了。她大笑着说：“肝泥香肠啊。”他本可以因为她这句没脸没皮的话而生气，或者直接忽视她。可他却对着她粲然一笑。这一笑，让她更加胆大地补了句：“还有洋葱呢。”

“你鼻子可真灵！”他感叹道，然后开心地笑了起来。这时，她一生中“最美好的时刻”拉开了序幕。

“我们在一起笑个不停。”她不断重复地说，好像不敢相信似的。他掰下一块儿他的肝泥香肠和洋葱三明治，让博博品尝。然后，他站起身，问：“要什么口味的？”她回答说：“樱桃。”接着，他匆匆赶到路边，那里每天中午都有一个小贩推着一辆白色手推车，兜售零食、饮料。他回来时，手里拿着两杯红红的樱桃冰水。

他告诉她，他在法院里做书记员，正准备去夜校进修，梦想成为一名律师。“谁知道呢？”他说，“或许有一天我会成为一名检察官呢。”“又或许，”她说，“你会成为一名大法官。”说着他俩又哈哈大笑了起来。

接着，她告诉他，她的梦想是住在一片明亮的水边。然后，他突然站了起来——不，可以说是一下子从座位上跳了起来。“我也是！”他吃惊地说。

讲到这里，博博握紧了我的手。“仿佛我讲出了他一生都在等待的那句话似的。”

“嗯，梦与梦的联姻，不需要牧师主持仪式。”她说。

她和德兰西的梦，从他起身将蜡纸扔进垃圾桶、赶回法院大楼的那一刻就紧紧结合在一起了。她又喃喃低语道："从那时起，我们就在计划未来了。他一直在寻找安家的地方。"

我喜欢这个故事。我一定是沉浸其中，久久不能自拔，因为接下来我说出的话，太不像加农炮弹凯米的风格了："或许有朝一日，我也可以拥有这样最美好的时刻。"

她的目光越过瀑布，投向远处。"那一刻还没结束呢。"

我真心为她感到高兴，也因她对我的这番倾诉而感到无比荣幸。我那时的心情，像极了我平时在萨拉米香肠房里读托马斯·布朗恩写给他最爱的人的那封信时的心情。

"那他来看过你吗？"我问她。

"每个周末都来，"她说，"雷打不动。这个男人赶都赶不走。"

"他也想要六个孩子吗？"我半开玩笑地问她。

"他想要十个呢！"她大叫道，我俩一起号叫起来。

就在这时，午饭的哨声响起，我们不得不分开了。我走着走着，转过身，对她大喊："但你要记住出狱后的第一件事。"

她在操场上的人群里回过头来，一根手指指向我，扯开嗓子，仿佛在向全世界大喊："红薯派！给你！"

在我眼里，此刻的博博，前所未有地可爱可亲、充满魅力。从她涂得鲜红的指甲，到满头狂乱的头发，再到她爽朗洪亮的笑声，博博和我家公寓里那位阴沉、寡言、无趣的女佣形成了鲜明对比。我一步一步地，慢悠悠地爬上后门的楼梯，一边走，一边在心里比较博博和艾洛达两人孰优孰劣。走到厨房门口时，我突然得出了一个惊人的结论：博博再好，也不是当妈的料。或许，对她自己的六个或十个孩子还行，但在我这儿是不行的。直到那时，我才发现，原来我身体里的那个一直在寻找妈妈的孤儿也打量过博博啊。

这个认识，激起了我对艾洛达所有的不满。与此同时，也让我鼓起了勇气。第二天早上吃麦片时，我直接坐回到吧台边的高凳子上。我越来越紧张，甚至不敢吞下最后一口麦片。我的勺子悬在碗的上空，我已经喘不过气来——然后，我感觉到她站到了我身后才又重新开始呼吸。我感觉到她的手在我头发上捋。熟悉的感觉。还好她看不见我在偷偷地笑。

“第一法则？”她问。

“不再玩火。”我说。

接着，我俩之间的隔阂与疏离，就像寒冰，随着一声清脆的“咔嚓”，碎了一地。

41

就在那天，雷吉来了，她在我面前挥舞着一个信封，尖叫道："粉丝来信！"

那是一张手写卡片——铅笔字，印刷体，横格纸——来自明尼苏达的一个名叫盖瑞的男孩。一共四行字。其中一行是："我觉得你是我见过的最漂亮的女性!!！"最后一行是："我给你打九十九分!!！"《美国舞台》上的历史最高分是九十八分。

我们反复读着那四行字，做功课时也从没这么认真。

"我觉得？为啥不说我知道？"

"最漂亮的！"

"我见过的！"

"九十九分！"

"三个感叹号！"

我们把那四行字齐声朗读了不下十遍。

我们甚至仔细研究过信封。它一开始是寄到了西费城市场大街《美国舞台》演播室的地址。他们收到后，又把它转寄给了雷吉。

“现在你和汤米·D、贾斯汀、鲍勃一样，是大明星啦！”我语气夸张地称赞道。她淡淡地回了句“我知道”，说明她早已想到了这点。

“或许，你也会拥有自己的粉丝俱乐部。”

“我知道。”

我鼓足劲头，把她捧得更高：“甚至拥有属于你自己的杂志！”

这话终于说到了她心坎上。她睁大眼睛问：“你也这么觉得？”

“是啊，当然，”我告诉她，“明年这个时候，他们就开始卖你的杂志了。”

“我的粉丝杂志——”

“卖你的粉丝杂志了，在普惠电车站对面的那家书报亭。”

“在凯尔氏药妆店里。”

我比画了一个手势：“在各个地方，从东海岸到西海岸。”

“就像《十七岁》！”

我们说着说着，不得不停下来，喘口气，给未来一个追赶上我们想象的机会。

她紧紧抓住我的胳膊问：“杂志叫什么名字呢？”

"还能叫什么？"我说，"'雷吉'呗，带感叹号的哟。"

雷吉看着我的眼睛，看了好一会儿，直到她似乎终于看清了杂志封面的样子。"《雷吉！》，"她庄重地说道，然后，她又紧紧抓住我的胳膊，这次更用力了，"哦我的天，哦我的天……"

"什么？"我说。

"你知道这一切意味着什么吗？"她的目光越过盖瑞的卡片，看向远方。

"什么呀？"

"这一切都指向一个地方。"

我抓住她的胳膊问："哪儿？"

她涂着口红的双唇默念了一个词。我没听清，我摇了摇她的胳膊："快说出来呀！"

"百老汇。"她说。

于是，我看着她手上那张用铅笔写的卡片，和她一起进入了畅想。然后，我也看见了：一条长长的时光隧道，穿过堆成山的粉丝信，售卖《雷吉！》的书报亭，渴望一次碰触的尖叫的粉丝——就在那儿，在隧道的尽头，天鹅绒幕布徐徐拉开，出场的是……雷吉·温斯坦！……穿着一条时髦的条纹连衣裙，高唱起《俄克拉何马》中的歌曲。

那一星期，我几乎每天都在雷吉家过夜。雷吉家位于西区，是一栋二层小楼。每天快到中午的时候，信件准时到达。我们每天中午都坐在她家门口的马路牙子上，屏住呼吸，焦急地等待邮递员的到来。我们一看见他出现在街角，就赶紧跑过去，和他有一搭没一搭地攀谈起来，直到他走到她家门口。

第一天我们共斩获了三封信。一……三……我们可以感觉到一大波信件即将如洪水般向我们涌来。我建议把它们裱起来。雷吉非常理智地指出，如果把即将到来的信件全裱起来挂在墙上，整栋楼的墙面恐怕都不够用。与此同时，她从后院的垃圾堆里找出了一个高高的筒状硬纸盒子，本来是装她家里新买的吸尘器的。她画笔一挥，把商标名“胡佛”画去，写上“粉丝来信”几个大字。把它立在她卧室的梳妆台边，齐胸高。

我们一起度过了早晨、中午和晚上。如果说以前我是雷吉的洋娃娃，那么现在我成了她的听众，她的见证者。“或许有一天，你可以把现在看到的一切写下来。”有一天，她在史酷比·嘟比甜品店对我说。她刚刚知道纽约市的地理位置就开始目光迷蒙地看向那个方向，看向百老汇，仿佛那里就是麦加。此刻，她对着自己的香草软糖双球冰激凌默默祷告：“一颗新星诞生了。”

第二天，又来了两封粉丝信。第三天，无——好吧，那天毕竟是星期天。第四天，一封。第五天，无。第六天，无。第七天，无。我们困惑不解。粉丝的信肯定都堆在了市场大街的演播室里，快堆成山了，我俩猜测着。他们估计要搞一辆卡车，把所有的信一次性运来。我们追问邮递员，会不会是他搞错了，把信送到他那个皮袋里的其他地址去了？

哎，我们那会儿，还是名利这场游戏里的新手。在短短一周的时间内，雷吉·温斯坦的世界——连带我这位她最好的朋友的世界——就从一颗星球缩小成了一粒豌豆。

渐渐地，我们不再到马路边等待了。我们在怀疑的迷雾中蹒跚而行。我还记得在她房间里最后一刻的情形。我朝她的粉丝来信盒子里张望，感觉它似乎比吸尘器更高更深。光线几乎照射不到它的深处。而信封——七封信——甚至覆盖不住它的底部。

42

我回到自己的世界，发现有了不少新变化。监狱外，抗议者们在游行示威，举着“活煎贝克”“决不留情”等字样的横幅。

监狱内，女囚操场上出现了两个新面孔。同时，也少了三个人的身影——刑满释放了！——包括爱晒日光浴的狄娜。她把眼罩放在她晒日光浴的那块地上，作为纪念。黑色、勺状的表面，一如往常，朝向太阳，仿佛她只是隐身了，随时有可能从它们底下钻出来，重新现身。没人去动它们。

博博对我很生气。“你去哪了？”她逼问我。

我把雷吉、《美国舞台》和粉丝来信的事儿全部告诉了她，可她还是噘着嘴，直到午饭时间到，哨声响起。第二天早上，她仍在生闷气，我和她说话她也爱理不理。我都快不认识她了。

她拒绝和我一起坐在水泥长凳上，以示不悦。她在静室里来回踱步。她教训我，告诉我什么样的朋友才算真朋友。她眼睛不停地往上看，透过玻璃天花板，看向天空，以躲开我的目光。她把手伸向小瀑布，让水花在阳光下四溅，洒落地面。她伸出一根鲜红的手指，指着我说："你从来不笑！"那是她那天对我说的最后一句话。

她的话刺伤了我。它深深扎进了我的内心，让我看清了自己：我并非一个快乐的人。我很少思考这件事。因为这就是我平常的状态，我唯一认识的世界：天空是蓝的，小草是绿的，凯米·奥莱利是不开心的。哦，当然了，也有例外的时候：和博博一起哈哈大笑……雷吉上《美国舞台》那天……艾洛达沾湿的指尖碰触我的脸颊……安德鲁。假如你是在这些时刻看见我，你一定会认为我是个快乐的人。可这样的时刻那么短暂。它们似乎仅存在于我偶然碰上一场属于别人的快乐阵雨的时候。等阵雨过去，我又回到了原形，又湿又冷又空虚。快乐于我而言，是可遇不可求的，我无法创造属于自己的快乐。

现在，我觉得我应该为博博的快乐负责。博博已经和雷吉一样，成了我最好的朋友。仅仅因为我不辞而别了一段时间，快乐阳光的博博就开心不起来了，想想我就觉得过意不去。难道我——我的笑容——对她来说，那么重要？

然后第二天，她突然向我冲来。我呆住了，还以为她要攻击我呢。可是她一屁股坐在我身边的水泥凳上，眼里并不是愤怒，而是恐惧。她掐掐我的胳膊问："你听说过斯卜特尼克吗？”

她指的是“斯普特尼克”，是的，我听说过，虽然知道得并不多。那是一种叫人造卫星的玩意儿。1957年，苏联向太空发射了一颗人造卫星。现在，那玩意儿正像一只篮球大小的月亮般，围绕着地球旋转。我只知道这么多，便统统告诉她了。

她给我讲了更多关于斯普特尼克的事情。她从无线电广播中听来的——那台无线电广播设备是照我爸吩咐安装在女监里的。有些人对此很紧张，她解释说。他们坚信斯普特尼克正在监视美国。“他们就在上边，”她抬头看向天空说，“看着我们。”她注视着我的眼睛，“他们可以看见一切，所有的一切！”

她有点神经过敏，不停地看向玻璃天花板，不停地念叨着：“斯卜特尼克……”午饭的哨声响起，她抓住我的胳膊说：“凯米小姐……告诉你爸爸，我已经做好出狱的准备了。听见了吗？”然后，她回到人群中，在离开我视线之前，又大声喊了句：“你告诉他！”走出静室时，我才发现，她身上已不再有草莓的味道了。

或许，如果我那时没在着急处理自己的私事，应该会对博博的事情更加上心吧。有天早上，我走进厨房，看见墙上的月历翻到了新的一页，上面写着两个大字——“8月”。

夏天的时光正在飞逝。8月29日那天，我将彻底告别童年。9月8日，我将升入初中，进入大孩子的世界。曾经似乎无止无尽的夏日，眼看就要所剩无几了，而我还没能解决我最大的问题。我想成为艾洛达·帕科名义上的女儿，从6月开始到现在，我的一切努力毫无成效。我告诉自己，夏天快过去了，要抓住这最后几周的时间，一举成功，否则就没机会了。开学后，我天天泡在学校，就再也没有时间和自由来达成我的目标了。

我的危机紧迫感，还源自另一个方面。当我看见安德鲁从他妈妈那里得到的毫无保留的爱时，我一点儿也没感到嫉妒。相反，那次的经历让我近距离地目睹并体味到了我所缺失的母爱。如今，我对母爱的渴望，前所未有地强烈。

可是，我已经努力了一整个夏天。我努力表现出需要保护的样子，一步步诱导她对我付出母爱，成为我的母亲。我努力表现得可爱、讨喜、感恩。我还给过她一本日记，叫她“妈妈”。如果这还不能够打动她，那还要怎么做呢？我还能怎么办？

结果后来事实证明，我其实什么也无须去做。因为人生，而不是我，才是故事的书写者。当置身于自己的人生故事之中时，你无法做到像一名读者那样，把人生当成一个个整齐的段落和章节去阅读。你看到的人生，是一团乱麻——不，画掉这句话——你根本看不见，只能去感受，而且大多时候，还只是一种低层次的感受，对日复一日、单调无聊的日常，生出平淡倦怠的感觉。然后，或早或迟地，感觉起了高潮。一潭死水般的生活，变成了汹涌激流。生活浓墨重彩地写出了你人生中的精彩段落。

回望过去，我看见1959年夏末的自己，在生活的激流中跌跌撞撞地前行。我无法驾驭，无法控制，无法抗拒。

但是如今，半个世纪以后的今天，提笔写作这个故事的人，是我。我必须决定从哪里开启故事的最后几页——亦即高潮，如果你想这么表达的话。高潮可以发生在接下来十二天中的任何一天，因为事情的走向往往无法预料，甚至毫无逻辑。即便事后看来，人生也是一团乱麻。所以……咱们就假定，高潮开始于博博告诉我“斯卜特尼克”的事情并在人群中朝着静室里的我大喊“你告诉他！”的那天之后的某个时间。咱们就假定，高潮开始于我听见咚咚咚的敲门声，开门后发现一个忽然精神焕发的雷吉笑容满面地把一大张闪闪发亮的黑白照片塞在我面前的那天。

43

照片上的人是马尔文·爱德华·贝克。那是一张头像照，从衬衫领口往上，他的头像占据了整幅八乘十英寸的照片。他面无表情，胡子拉碴，没有特意配合镜头，似乎只是碰巧和照相机待在了同一个房间。他的头发油腻腻的，不像是梳子梳出来的，更像是直接粘在头顶上的。

“你从哪里搞来的？”我问。

“《时代先驱报》，”她说，“他们报纸上的照片，你可以花钱买。我花了五十美分买下的。我爸爸之前也买过一张他们登载的我的照片。”

我瞪着她：“一个杀人犯。你竟然花了五十美分，买一个杀人犯的照片。”

她看那张照片的眼神，近乎痴迷，令人毛骨悚然。“可不是一般的杀人犯。”

“你有毛病吧。”我对她说。

“我准备把它裱起来！”她没睬我，继续叽叽喳喳地说道。

我脑海里出现她卧室的画面：满墙的照片，大多是从报纸杂志上剪下来的，有《美国舞台》常驻嘉宾，有百老汇明星，还有电影明星。

“我准备再说一遍。”我说，“慢慢地说。他——是——杀——人——犯！”

她对我耐心地微笑，仿佛我是个小孩子。“名人就是名人。”

我想，在某种程度上，我隐隐约约理解了到底发生了什么。她的梦想从来不是《美国舞台》或百老汇或大荧幕，而是出名。名气本身才是她的梦想。假如名气没来找她，她就会主动贴上去。在这一点上，我的朋友雷吉和许多人别无二致。我没敢告诉她我爸爸最近向我透露过：汉考克郡监狱的明星犯人，已经开始收到粉丝来信了。

她把照片伸向我。

“别给我呀。”我对她说。

“我想要签名。”她说。

“哈？你干吗要我的……”接着我反应过来了，“哦不。”我拍开她的手。

“凯米！”她激动地尖叫道，“帮我带给他就行了。让他在上面写‘给雷吉·温斯坦，最美好的祝福’就行了。当然，再让他签上自己的名字。”

我笑了，边笑边摇头。我彻底无语了。“还有什么比病态更糟糕的？”

她思考片刻。“古怪？”她很配合地回答道。

“你就很怪。”

她一屁股坐进沙发，环顾四周，又站起来。她跑进厨房，拿来一个小碟，然后点起一支烟。

“我就知道。”我说。

“好吧，”她说，“我就是这么病态又古怪。”她把照片塞到我面前，“就让他签个名呗？为你最好最好的朋友帮个小忙呗？”

事实上，我并没有被她的请求吓到。因为我住在监狱里，人们经常理所当然地认为我能够自由接触监狱里的犯人，还可以四处巡游，甚至可以在囚室里和他们一起坐下来玩扑克牌。而事实并非如此。

“雷吉，”我告诉她，“他在洞里。”

“什么是洞？”

“单独监禁，连其他犯人都见不到他。”

她长长地吸了一口烟，鼓起脸颊，又缓缓地吐出烟圈，像个成年人在品尝红酒似的。显然她还没学会吸烟。她做出祈祷的手势：“拜托拜托。”

就在这时，我发现她竟然还随身带了一支圆珠笔。但是她一直带在身上的粉色晶体管收音机却不见踪影。“你的收音机呢？”我问，试图岔开话题。

过了半天，她才回答我的问题。“在家。”她心不在焉地答道，可见她对这张照片有多么痴迷。“但是你认识人，你爸是监狱长。”她苦苦哀求。

我正绞尽脑汁想接下来该怎么回她。这时，艾洛达走了进来，手里拿着一只枕套。她刚刚正在给我换床单。她在沙发前站定，没有看我，而是直接怒气冲冲地瞪着雷吉说：“把烟灭了。”

雷吉又吐了一口烟。她一脸傲慢地抽抽鼻子，说：“我是个大姑娘了，烟想怎么抽就怎么抽。”

“不许在我家里抽烟。”

听见一个监狱的管家把我的公寓说成她家，雷吉无疑和我一样，被惊到了。我暗暗高兴。而雷吉的看法，自然与我不同。

雷吉故作轻松地往碟子里磕磕烟灰，然后直勾勾地盯住艾洛达手中的枕套说：“好吧，我有个消息要告诉你，这里不是你家。”

我看见艾洛达咬紧了下巴，她抓枕套的手也握成了拳头。真不知道接下来会发生什么。我赶紧抢过雷吉手中的烟，在碟子里摁灭。“是的，这里就是她的家。”我说。

我这么说，到底是什么意思，连我自己也不清楚。但此话已出，声音仍在房间里回荡着，就如同从碟子上袅袅升起的烟雾一般真实。

接下来，艾洛达猛然转身，回到我的卧室。我抓起碟子，带进厨房。我把碟子冲洗干净，擦干，放回橱柜。

那时，我应该直接回客厅的，可我没有。那是我的失策。我也走进了卧室，为什么呢？我也不晓得。不想马上回到雷吉身边？想听艾洛达感谢我为她说话？如果那是我的理由，我将大失所望。艾洛达还是老样子，一本正经，一副公事公办的姿态。她不理我。我抓起床单一角，帮她往床垫上套，想要帮她一把。她停下来，对我不悦地哼了一声。她双手叉腰。“凯米小姐——现在到底谁是这里的保洁员。”这并不是一个疑问句。

等我回到客厅时，雷吉已经不在。我猜想她已经走了，我感到一阵轻松。我希望自己再也不用看到她对马尔文·爱德华·贝克一脸痴迷的样子了。现在时间早已过了中午，我意识到自己饿了。甚至直到今天，我仍然不敢去想象，假如那天我没有走进厨房，事情会变成什么样子。

44

一切都怪冈萨雷斯。

1909年，加利福尼亚州佛森市立监狱的一名犯人，一个名叫冈萨雷斯的男人，被关进了洞里。一个星期过去了，他再也忍受不了了。不与人接触，看不见阳光，到处是老鼠，这些快要把他逼疯了。所以，他开始绝食抗议。十五天后，监狱对他做出了让步。冈萨雷斯重新回到了自己的囚室。那时，他已出名。

报纸四处散播着佛森市监狱洞里犯人的故事：双腿被老鼠咬烂，听不见第二个人类的声音。“残忍和非比寻常的刑罚”，这样的字眼充斥着新闻头条。

我爸爸成为监狱长之后，他发现他的监狱里也有一个洞，是一间八乘八英尺的令人绝望的地牢。这里没有老鼠。在人们的记忆中，从没有犯人被关在这里，也没有人找得到打开地牢大门的钥匙。

我爸爸对它进行了大改造。洞被擦洗干净，烟熏消毒，刷上油漆。一面墙被打通，装上铁栅栏：阳光透了进来！里面放了一张新床、一个新便壶，配了新钥匙。

贝克成为装配一新的洞的第一个入住者。每天一份《时代先驱》报准时被塞进他的门缝。给他送饭的狱警，还被要求与他进行交谈。

虽然人性化地对待犯人一直是我爸爸所信奉的准则，但这却并不是他如此行为背后的动机。他把贝克单独监禁起来，完全是出于他的安全和健康考虑。（现在这种做法被称作保护性监禁。）贝克的罪行是如此令人发指，以至于我父亲担心这名玻璃安装工/杀人犯在普通牢房里撑不过两天。这些一人独享的、如家般温馨舒适的“福利”——都是为了将一个健健康康的被告人交到法庭陪审团手里。狱长大人不希望在他任内发生绝食抗议的情况。

于是，贝克在坐牢期间，日子过得还不错——只要他待在监狱里。但怎么能让他呼吸到新鲜空气呢？（“我需要新鲜空气！”冈萨雷斯曾经大声抗议道。）我爸爸找到了解决办法，就在雷吉拿着照片和圆珠笔找上门来的前一天，虽然我还不知道……

我走进厨房，从橱柜里取花生酱时，碰巧往后窗外瞄了一眼。这一看不得了。假如我的眼睛长了喉咙的话，肯定就被呛住了。雷吉已经在楼下，在铁丝网围栏外站着了。两名持枪的守卫正站在操场上。远远地，在操场的另一端，靠近马歇尔大街的那道墙下，一个身穿斜纹粗布劳动服的男人正缓缓地走来走去。不消说我也知道，那人就是马尔文·爱德华·贝克。我很快了解到，这就是贝克每天一小时的放风时间，出来呼吸呼吸新鲜空气。高墙上，吉姆正站在警卫室外，保持一级警戒状态。

我站在窗后，简直不敢相信自己的眼睛：一个看起来像高中生的性感女郎，穿着热辣的短裤，透过门缝和铁丝网，把照片递给一个全副武装的警卫……女孩激动地抖着肩膀，对警卫说着我听不见的话……远处墙边的犯人停下脚步……向这边张望……向这边走来……另一名警卫走上前去……站在墙上的吉姆端起了枪……

我赶紧冲出家门，奔下楼梯。我一把将雷吉从铁丝网边拉走，并冲一脸吃惊的警卫大喊道："快给我！"他把照片递给我。我一路推搡着雷吉，上楼梯，回到厨房，摔上门。

"上帝啊，你到底在干什么？"

她眼睛睁得大大的，给了我一个这有什么大不了的眼神。"我就想要一个签名照呗。"她伸手，想从我手上拿回照片。

"别想了。"说着我把照片撕得粉碎，随手一抛，碎片撒满了厨房的地面。

雷吉盯着地面，眨了眨她那双大大的美丽的眼睛。我以为她会哭，但她让我很意外。她竟然笑了。她满不在乎地耸耸肩，在我面前晃了晃圆珠笔，轻快地说："再花五十美分，再买一张照片呗。”说着她走出了我的厨房，离开了我家。

五分钟后，我刚收拾完地板上的碎纸片，就听见门外响起许多人同时上楼的脚步声和急切的敲门声。我知道是“监狱小鸟”们来了。当我打开门时，她们异口同声地喊道：“打雪仗去！”

45

在小河的另一边，西榆木大街上，有一家冰室。这是一座很有年代感的绿漆小木屋。在没有冰箱的年代里，它向拥有雪柜的人家售卖冰雪。现在，它主要为餐厅、宴会和派对，以及兜售冷饮的小贩提供冰块。冬天，冰室引不起孩子们的注意，但到了夏天，它在孩子们眼中充满魅力，因为即便在8月，木屋的背面也总有一堆没有融化的废弃冰碴，就仿佛1月把自己的一小部分留在了这里。

几秒之内，我们一群女孩子就浩浩荡荡地冲上了艾瑞大街。雷吉也和我们在一起。她刚从我家出来，就遇上了其他人。此刻，她丝毫没有表现出与我闹过不愉快的样子。

走到一处，女孩们不自觉地右转。一般人去榆木大街都会这么走。途中会经过橡树街和樱桃街。经过那个街角。我突然一阵伤感，走不动路了。我大喊："嘿，不，走这边吧——我想从桥上走。"大家都没有异议，毕竟站在艾瑞大街的桥上，对着桥下来来往往的车辆吐唾沫是件很好玩的事情。当然，她们也都知道，我妈妈在我们都还是婴儿的时候，被一辆送奶卡车撞死了。不过，她们可能并不清楚事故的发生地点，也不知道“街角”以及我对于靠近它的恐惧。

来到冰室后，我们兴奋地发现屋后的雪堆还没人来玩过——我们是那天来玩雪的第一批孩子。我们二话不说，直接开打：尖叫着，抛掷着，躲闪着，追逐着。大部分时间是在尖叫。我们的手指很快冻得通红，我们吮吸着自己又冷又湿的手指取暖。冰室的工作人员也不管我们，任由我们嬉闹。

冰室小小的后院，止于铁道旁一处二十英尺高的断崖。那里没有围栏，我们远远地躲开断崖的边缘。

我们打雪仗打到一半，突然听见一阵轰隆声从东边隐隐传来。五年前，我们肯定立马就能认出蒸汽机车的声音。现在，我们过了一两秒才反应过来，朝我们驶来的是一种新型的内燃机车。我们立刻忘记了彼此的存在，疯狂地挖雪，捏起雪球来。我们每个人都捧了一大堆雪球，跑到断崖边上，时间刚刚好，只见火车扁扁的铁口鼻出现在榆木街和阿斯托街的转弯处。大地在我们脚下颤抖着。

火车很长很长，似乎没有尽头。运煤车厢，货柜车厢……我们不得不一直往回跑，补充“弹药”。我们不依不饶，每节车厢在驶往公园前，都必须打上我们的白色“记号”。当然，守车[1]除外。

---

① 列车末尾供列车职工使用的车厢。——译者注

在一辆长长的列车驶过之后，空气中弥漫的静寂总是十分耐人寻味，似乎它既是一个终点，又是一个起点——或者，更具体而言，像一场等待，一句疑问。仿佛火车也在回头向我们大喊：“刚刚那就是我。你们呢？还好吗？”

或许，正是在此情此景下，我才说出了那句话。我事先毫无打算，对整件事也没怎么多想。不像许多孩子，我并没有焦急地掰着手指数着日子，也没有迫不及待地想要长大。但话已出口，驷马难追：“嘿，各位！想来参加我的生日派对吗？”

悬崖上响起一片欢呼。

再一次，我被自己惊到了：“还有，在我家过夜吧！”

就在她们尖叫着把最后几个雪球朝我扔来时，我突然发现我从来没有给别人带来过如此多的欢乐。

46

那天漫长的回家路上，我一边走，一边试图弄明白自己的心思。从小到大，我从没办过生日派对，也从来没有想要办过。我老爸通常会带我看一场费城人队的比赛就算作庆祝了。今年，我不仅要办生日派对，还要通宵狂欢。（我从没想过爸爸有可能不允许我这么做。）当然，我能够理解“监狱小鸟”们为何如此喜欢在监狱里过夜的主意，多刺激啊。和监狱长的女儿做朋友，多酷啊。不过现在，我突然意外地产生了一个想法：她们喜欢的并不仅仅是监狱长的女儿，她们喜欢的是我。

是我这个人。

是凯米·奥莱利。

快走到监狱时，我看见贝克的抗议者们再一次集结在了监狱门口，拉横幅游行示威。我发现一条新横幅：“下一站——岩景监狱”。我记得雷吉说过，她曾经听人说马尔文·爱德华·贝克自言自语说：“我不会进岩景监狱的。”

刚走进接待厅，走到一半，我就被爸爸的秘书巴特费尔德太太叫住了："凯米小姐？"她手里拿着一样东西，似乎是一张纸，折成了打火机大小。她没有主动递给我，只是拿在手上让我看。我有点疑惑。她说："是伊芙琳·邓巴给你的。"巴特费尔德太太一直叫犯人们的全名，伊芙琳·邓巴就是博博。"她托威拉德（一名牢区狱警）转交给我，让我——"她手伸过办公桌，笑着说，"转交给你。"

我接过来，就往楼上走去。她在我身后喊道："没人读过啊。"

她指的是监狱里审读犯人与外界一切来往信件的制度。

我打开一看，原来里面有两样东西：一张便条和一个小信封。便条是给我的，上面用粗体铅笔字写道：

亲爱的凯米小姐

请把这个信封放在长椅上让德兰西看见

信封是封好的。我看见里面有一张便条，很想知道上面写了什么。是关于德兰西正在寻找的他们水边的家吗，还是关于婚礼的？或者只是一些卿卿我我的情话？我不理解为什么要搞得这么复杂。她有话为什么不能趁他周末来探访她时讲呢？我那时还太年幼，不懂得在公园长椅上留字条，比在郡立监狱的探视区面对面交谈，浪漫得多。

第二天，我没去操场。我想博博所指的长椅，应该就是传说中法院后面公园里的那个了。我猜德兰西每天中午仍会从法院出来，坐在公园长椅上吃午餐。我十一点半准时到达，拿胶带把信封贴在椅子上，然后像个母鸡一样坐在那里，守着它。

那时候，中心商业街上有一座拱桥，普惠电车从拱桥上通过，往北驶出双厂镇。拱桥正中央有一座华丽的大钟，表盘上是罗马数字——它是我们镇的标准时钟。当钟面显示十一点五十分时，我离开了公园。

我爬上大理石台阶，来到法院大楼的露台上，俯瞰整座公园。我倚在栏杆上，下面的垃圾桶、长椅、白色信封，尽收眼底。我看见第一批吃午饭的人已经走出法院大楼了。酿酒厂的哨声响彻整个小镇上空。越来越多的人走了出来……就在这时，我突然转身走开了。我对博博男友的好奇，以及想偷看他一眼的欲望，被一种自己正在冒犯他人隐私的感觉给打消了。我已经完成任务，现在该离开把舞台交给爱神。

47

“你看见了吗？”

简单的一个问题。这是第二天早上见到博博后，她问我的第一句话。她把我拉进静室，让我坐在水泥凳上，然后蹲在我面前，又问了一遍：“你看见了吗？”

我本以为她会问我一堆关于信封的问题。这个问题，似乎不太对。“看见什么？”我问。

“斯卜特尼克啊。”她在重读这个单词的同时，还戳了一下我的肩膀以示强调，而且力道很大，戳得我很疼。

苏联人造卫星和给德兰西的字条有什么关系？我有点蒙圈，只好来了句：“哈？”

她握紧我的胳膊。“我早就跟你说过，让你去看的。它只有晚上才看得到。我在里面，没办法，所以让你晚上抬头帮我看看。”

我怎么也记不起来她有交代过我这么做。我第一反应是反问她“你说过？”“你确定？”，可我转念一想，觉得最好还是责怪自己，而不是她。“对不起，”我说，“我忘了。”

我已做好准备，迎接她对我肩膀的第二通猛戳。可她没再出手。她的表情突然变了，眨巴着眼睛看着我，仿佛不认识我了。她的整个身体似乎都在说：我太伤心了。她来到手推车瀑布跟前，一动不动地站了好几分钟，把手伸进下落的水流中。我感到糟糕透了，真想扇自己几个耳光。她请我办这么一件小事，却被我搞砸了。我算什么好朋友。

我大声说：“我今晚就看，我保证。”

她似乎没听见我的话，仍一动不动地站在瀑布前，又站了好一会儿，并用手指抚摸着旁边长长的绿叶。接着，她转身看向我，她又变回了原来的那个博博。她指着我问：“你没去商店偷东西吧？”

“没有，夫人。”我为话题终于从“斯卜特尼克”岔开而松了一口气。

她爽快地点点头，像老师对学生那样。“不错。”她坐在我身边，“我可不想害你进监狱。”

“不会的，夫人。”

她大笑着说：“你要是进来了，你爸看到后会怎么说？”

我俩一起哈哈大笑起来。

接着，她又陷入了沉默。我们一起肩并肩地坐在水泥凳上，坐了十分钟之久，在此期间，她一句话也没说。我从她脸上看不出任何情绪。她看上去既没有心烦，也没有生气，但也不像平时一样开心。她没有往常那般热情洋溢。对，就是这个词。博博向来热情洋溢，给人一种许多东西——言语、感情、欢笑——永远在她体内喧嚷着，争先恐后往外冒的感觉。而现在，在我身边，我感到的是……空虚落寞。空虚落寞，出现在这样的一个人身上，是不正常的。这不是一件小事，而是一件很大、很严重的事。

我彻底迷茫了。在交谈时，我一直习惯博博来“带球走步”主导话题。我奇怪她怎么突然变了。她和德兰西之间发生什么不愉快的事情了吗？难道信封里的字条上写的不是甜蜜快乐的情话，而是“原谅我”或者“咱们和好吧”？

沉默与紧张的气氛，压得我快透不过气了。我决定打破僵局：“有个男孩喜欢我。”

这一次，她似乎又没听见。不过，紧接着，她转过脑袋，低头看向我。“什么？”她问。

“有个男孩喜欢我。”这一次，话说出口，远非上次那般容易。

她眨眨眼，然后吃惊地瞪大眼睛：“有个男孩喜欢你？”

“是的。”我说，“反正我感觉是这样的。虽然我对这种事情也没什么经验。”我紧张地笑了，她没笑。“不管怎样，独立日晚上看完烟花，他还护送我回家了呢……”

我滔滔不绝地讲起关于丹尼·拉派拉的事情。我这才发现，原来把内心纷杂的情感，整理成思绪，变换成言语，再大声说出来，越过自我的高墙，就像把线球抛过墙头，抛到马歇尔大街上，是那么令人兴奋。我喋喋不休地讲话，也是为了防止气氛回到刚才那尴尬的沉默中，为了吸引博博的注意力，让她的神思回到此时此地，回到我身上。

可这招不管用。她的眼神依旧从我的脸上，飘到了静室另一侧的瀑布上。我继续讲个不停，试图拉回她的注意力。等我讲完了丹尼·拉派拉，我又讲起了雷吉和《美国舞台》、粉丝来信、冰室打雪仗以及我想要到费城人队打球的梦想。我一边讲，一边激动地比画着，大笑着。我甚至从水泥凳上站起来，给她示范我是怎么扑倒本垒板上的小本尼·豪斯的。我突然觉得这件事很好笑。就在我快要话题用尽、没话可讲时，博博又转头看向了我——咔嗒！——看向我的那双眼睛，又变回博博的眼睛了，快活得闪闪发光。我闭上了嘴巴。她一拍膝盖，高兴地大喊："史酷比·嘟比！"

我想起来我们的计划了。"哇！"我应和道，试图表现得和她一样高兴，"我们一起去。你一出来，我们就去。"

她温柔地看着我，点点头："对的。但是你知道吗？"

"什么？"我问。

"我想让你现在就去。"

我没搞懂她的意思。"可你还在这里啊。"我指出道。

她看着我的眼睛，握住我的双手，说："你爱博博吗？"

那一刻，我猝不及防。“爱”并不是一个我时常挂在嘴边的词汇。我只在提及卡尔的派，或每年春天，从鞋盒中翻出我的棒球手套，闻着皮革和油的芳香时，才偶尔用到——但这个词，我从来没有在人，活生生的人身上用过。

我咽了一下口水，做出一个挥击快速球的动作。“当然。”我说。

我的回答让她很开心。在问我“你知道什么是代理人吗？”时，她还在冲我微笑。

48

“不知道。”我回答道。

博博告诉我，代理人就是经过授权，可以代表另一个人行动的人。代理人可以代替你为某件事情投票，或者为你签署某些法律文件。这就是说，一个代理人有权扮演你人生所有的角色。

“听起来就像棒球里的代打者。”我说。

她一拍凳子：“没错！你愿意为博博代打吗？”

“当然，”我说，“需要我做什么？”

她告诉了我。她想让我去史酷比・嘟比，她想让我点一份香蕉船，里面夹三球巧克力冰激凌，浇上鲜核桃仁、热软糖，再多加一份鲜奶油、四颗樱桃——每个球上放一颗，剩下一颗单独吃——不要菠萝，就和我们之前商量好的那样。“然后，”她说着，整个身体转向我，声音也变得轻柔了，“你就坐在那儿——坐在一个靠窗的座位，听明白了吗？”

我点点头：“听明白了。”

“一个前排的靠窗座位，这样你就能够看见外边来往的行人……”她等着我回应。

“明白。”

“接着你要把那份香蕉船给吃了。只不过，”她轻轻地戳戳我，“吃它的人，将不是你，而是我。”她看得出我正绞尽脑汁试图搞明白她的话。“听我说，凯米小姐……”她握住我的手，把它放在我的胸口，接着又放在她的胸口，“你和我之间，有一座爱之桥。”

我捏捏她的手，她的手看上去有棒球手套那么大。我喜欢我们俩之间指甲的差异——她的又红又长又漂亮，我的又短又破又脏。“我喜欢这个比喻。”我说。

“那座爱之桥，使我俩成了姐妹。明白吗？”

我点点头：“明白。”

“所以，我就是你，你就是我。”她皱了皱眉。可能是觉得这句话绕口，也可能是觉得这个观点奇怪。不管怎样，她一笑了之。“你听得懂吗？”

“听得懂。”

“所以，当你在吃香蕉船的时候……”她停下来，似乎在整理思绪，“你在吃香蕉船时，吃的人……”她指指我，“是你，但品尝味道的人，”她指指她自己，“是我。”她扬起头，“还跟得上吗？”

“跟得上。”我说。虽然我并没有真正明白她的意思。

她把目光移开，看向某个我看不见的远处，一种平静笼罩着她全身。“凯米小姐，只要你在吃那份香蕉船，我就等于出去了……虽然我人还在监狱里。”

我俩看向彼此，一言不发，沉醉于这个美妙的主意。

她用鲜红的指甲戳戳我：“别以为你可以糊弄我哦，丫头。如果四颗樱桃你没全部吃进嘴里，我会知道的。”

“放心吧，”我说，“我会按你说的做。”

她一拍凳子。“这个办法会成功的，我就知道。”她俯身对我说，“你知道为什么吗？”

“为什么？”我问。

她瘫坐在凳子上。“凯米小姐。”她语气夸张地沮丧地说，“我们不是已经说过了吗，它一定能够成功，因为……”

她等待我接完这句话，可我接不上。我现在正放暑假呢，我最不想要的就是动脑筋解谜题。“因为……？”我小声问。

她双手捧住我的脸。她说出一个字：“爱——”

我大声说了出来：“爱之桥。”

她吻了吻我的鼻子，把我揽入怀中。“只有两个被爱之桥连接的人才能够做到。”她轻拍我，“代理人。”

我点点头：“代理人。”

“姐妹。”

我抬头看向她，与她四目相接：“姐妹。”

姐妹。

这个词飘荡在我俩之间，填满了空间。就在这时，酿酒厂的哨声响起，宣告午饭时间到了。我们赶紧用一连串“你没问题吧？”“当然，包在我身上”“记得四颗樱桃啊！”匆匆结束对话。当我们离开静室时，我终于说出了一个始终困扰我的想法。“博博，”我说，“我知道吃香蕉船的是你，但我能不能为我自己偷吃一口呀？”我记得，她当时听了我这句话，笑得前仰后合，根本顾不上回答。

我走到操场门口时，一个想法突然穿过我的脑海，飞出我的嘴巴。“博博！”我大喊，“字条我帮你留过了！”

那时，她正在排队，去吃午饭。她一如既往地在人群中显得鹤立鸡群。我只能希望她听见了我喊的话。

49

这次我一定不会再搞砸了。上回斯普特尼克的事我没办好。这回史酷比·嘟比我一定要成功。

我甚至没心思吃艾洛达为我准备的午餐。我从自己存零花钱的盒里取出一张五美元的纸币，然后骑上车，向西区赶去。

那天是德拉瓦河谷地带一个典型的8月天：闷热、潮湿。我着急忙慌的，全部注意力都在自己要完成的使命上，以至于骑错了路也没发现。我往西边，朝着橡树街去了——直到骑至离橡树街和樱桃街半个街区的地方——快到那个街角了，才突然发现问题。我赶紧掉头。情急之下，竟踩坏了右踏板。左踏板刮擦着沥青路面，我的脚踝一时被卡住了，不能动弹。接着传来汽车刺耳的刹车声。我抬头……看见一辆斯蒂贝克和它很有特色的弹头式汽车格栅。我赶紧抽身，对受惊吓的司机说了声“对不起”，然后迅速逃走。我感觉有个人正在追赶我，他穿着笨重的鞋子……咚咚咚……哦，不……那是我的心脏。

直到回到马歇尔大街上，我才把速度减下来，然后继续往西骑去。穿过一两个街区后，咚咚咚的心跳声才慢慢消失。我深深地呼吸，拥抱那温暖、闷湿的一天。我又重新一心一意执行使命，不再担惊受怕。

我没法假装自己完全理解博博所说的“代理人”的事情。看来她比我一开始认识的那个操场上快活的巨人要复杂得多。但“爱之桥”则是另一回事了，这个我完全理解，也同样相信。

我把自行车停在史酷比·嘟比门前。我推开店门，铃声叮当响起，事情开始发生变化。是的，是我走进冰激凌店；是我走向长长的白色柜台；是我走过一张张颜色鲜艳、钢板加固的胶木桌子，有些是空的，有些坐着正在享用美味的顾客；是我站在那排冰柜前；是我，没错……但又不仅仅是我。还有别的什么，就像我想象中的天使一般缥缈的存在似乎在我身边，在我体内。就像同线电话，还有另一个人在一旁——就在这里——通过我的眼睛，看见那一堆堆的冰激凌，五颜六色的各种美味。

“请给我来一份香蕉船。”我对那个戴白色水滴状纸帽子的男人说。

我慢慢地、仔细地背出那份清单：三球全是巧克力口味的……鲜核桃仁……热软糖……再加一份鲜奶油……

“菠萝？”他问。

“不！”我说，“樱桃，四颗。”

他不解地看了我一眼，但还是照做了。我预感他会多收我一笔定制费。但当他把最后一颗樱桃嵌在鲜奶油上时，他忍不住往后退了几步，欣赏自己刚刚完成的作品。他赞许地微笑着看了看香蕉船，又看了看我。我差点脱口而出：“这不是我的主意。”他带着尊敬，或许还有一丝妒意，把这个杰作在柜台上推向我。“八十美分。”他说。

一位母亲带着两个孩子，正从一个靠窗的座位上起身离开。我赶紧赶过去。

“小姐……”柜台后的那个男人大喊。

我回头看看他。

他指着我说：“你的脚踝。”

我往下一看。血渗透了我的袜子，是骑车擦伤。我从一张空桌的纸巾盒里抽出几张餐巾纸，塞进袜子里，就急急忙忙地往窗边的那张桌子跑去。

我坐下来，闭上眼睛。我定下心来，悄声说：“好了，博博，咱们开吃吧。”当我睁开眼睛，我再一次感觉到，透过这双眼睛看向窗外的，不止我一人。

我没有像平时一个人吃冰激凌时那样狼吞虎咽，而是慢慢地细细地品味。我先来了一颗樱桃。我把它含在嘴里。我闭上眼睛，把它含在嘴里……含在嘴里……希望博博也和我一起，在慢慢品味、回味。当我的牙齿终于咬开第一颗樱桃，感到樱桃的汁水在我的口腔中爆开时，我想象中似乎听见博博喜悦得小声叫了出来。

我一勺一勺地，一口一口地，慢慢吃着这件杰作。我可能打破了吃香蕉船速度最慢的世界纪录。我加快速度，吃完了剩下的三颗樱桃。最后一颗，是我送进嘴里的——我和她的嘴里——最后一样东西。我拿起餐巾纸擦嘴时，我不仅仅在假装自己能感受到博博在满足地微笑，我已经对此深信不疑了。我已经被洗脑了。

代理人。

姐妹。

我快要出去了！

我飞快地往回骑，前轮胎几乎是从潮湿的马歇尔大街路面上滑过的。我身体内的每一块肌肉都在抽动，就像一只牵引绳上的狗，奋力向博博奔去。我想扑进她怀里，告诉她我完成了使命，询问她有没有成功。然后，在我哐啷哐啷骑过铁路轨道时，我突然想到一个问题：要等到第二天上午的十点钟，我才能见到她。

我简直不敢想象，要等那么久。我一边使劲冲上长长的坡路，一边在想要不要去她的囚室找她。我以前还从未如此大胆地滥用过自己的特权，但我同时也怀疑狱警们不会给监狱长的女儿这个面子。一辆呼啸而过的救护车，让我头脑清醒了过来：我爸发现后，我得被禁足多久啊?！于是，我打消了这个主意。

一条横幅——“烧死贝克”——还挂在监狱外，在热浪中勇敢地翻滚着。我把自行车扛上前门台阶时，一辆警车闪烁着车灯从墙边小巷冲了过来。我站在那片狭小的杂草丛生的平台上，探出身子张望：穿制服的人急匆匆跑过马歇尔大街，车灯闪烁不停。发生了什么？贝克越狱了吗？

走进监狱大厅，巴特费尔德太太什么话也没说，不过她看我时脸上的表情很古怪。她的眼镜摘掉了。一群人，有的穿着制服，有的穿着便衣，挤满了我爸的办公室。他们似乎同时在说话。我可以感到一种紧急、混乱、沮丧的氛围。

爬楼梯回公寓的路上，我听见一个个单词如气泡般，从一片沸腾的人声中浮出来。但只有一个词钻进了我耳朵里：“上吊。”这是我唯一需要听到的信息。等爬上最后一级楼梯时，我突然想起马尔文·爱德华·贝克自己的话：“我不会进岩景监狱的。”拼图一下子变得完整了。

我赶紧奔下楼梯。我差点没忍住右转、出门、对着游行示威者大喊：你们可以回家了！但我没有这么做。我直接奔向巴特费尔德太太，上气不接下气地说：“他做到了，对吗？他说过他会这么做的，他真的做到了！”

她眨巴眨巴眼睛，把眼镜重新戴上，好看清楚我。她一脸困惑。“谁？”她问。

“马尔文·爱德华·贝克啊！”我整个身子都贴在了她桌子上。我都快大喊大叫起来了。“他说过‘我不会进岩景监狱的’。他确实不会！他做到了！他吊死了自己！不是吗？”

巴特费尔德太太花了好一会儿消化我给出的信息。她摘掉眼镜，把它认真地折好，放在桌子上，放在了一个她认为重要的位置上。当她抬起头，再次看向我时，她的脸上重新挂上了微笑，但那并不是快乐的微笑。

“自杀的不是贝克先生。”她说。接着，说话向来一本正经的巴特费尔德太太，竟破天荒地说出了一个囚犯在狱中的绰号：“是博博。”

50

找到德兰西。

这是我能够回忆起来的、自己当时的第一个理性的想法。我必须找到德兰西。如果他还不知道，那么我不得不告诉他，用连我自己都不敢去想的话语；如果他已经知道，那么我得安慰他。不会有婚礼了，也不会有明亮的水边的家和十个孩子了。

那时，我正站在法院门口的两根大柱子下。

我找到书记处。从开在墙上的一个方形的窗口，我看见一个女人正在不断地敲着打字机。她的指甲又钝又丑，更像我的指甲，而不是博博的。一把玳瑁梳子插在她脑后的发髻上，这让我看得很不舒服。她的鼻子也是。总之，我非常讨厌她。

她侧对着我，敲字。我敢肯定，她用余光看得见我，但她装作不知道有人正站在窗外。我真想把手伸进去，戳戳她发髻上那贵重的玳瑁梳子和她的脖子。

“我想找德兰西·沃辛顿说几句话。”我说。

她又敲了会儿字，才终于停下来。她身体不动，只转过脸，看向我。正面看过去，她的鼻孔真大，有四季豆那么大。“抱歉，你说啥？”她问。

“德兰西·沃辛顿，”我重复道，“请让我和他说几句话，好吗？”

她眨眨眼。“这里没有叫那个名字的人。”她说，她的指尖仍然悬在打字机键盘上。我发誓自己永远不会当秘书。“你找对部门了吗？”

“书记处。”我说，我抬头看看标示牌，“这里不是吗？”

“是的。”她说，“但就像我刚刚说的，这里没有叫德兰西·沃辛顿的人。反正这间办公室里没有。”

“德兰西·沃辛顿。”我又重复了一遍，仿佛我正在玩一个要把某个名字说上很多遍才能通关的游戏。

她把双手摊在大腿上：“我很抱歉。”

我突然觉得这句话听起来很可笑。“你抱歉啥？”我说。

她被我的回答难住了，于是从打字机前转过身来。“你没事吧？”她问。

我瞪着她。我想把拳头伸进窗户，砸向她那讨厌的鼻子。“去你的。”我骂道，然后看了一眼她因震惊而睁得圆圆的双眼和鼻孔，一脸满足地离开了。

我跑遍了楼上楼下的窗口，瞅遍了窗口外的标示牌。公设辩护律师处……道路和桥梁处……选民登记处……一楼……二楼……

到处都不见德兰西·沃辛顿的名字。

不过，汉考克郡法院是一个很大的地方，有成百上千人在里面办公……

第二天午饭时间，我蹲守在法院门口的公园长椅上。上次的字条已经不见踪影。有人走过来，坐在长椅的另一边，不过那是个老太太。我一直待到普惠电车拱桥中央的大钟显示下午两点钟时才离开。那一刻，我终于放声大哭了起来。

她是上吊自杀的。他们说，她整个过程完成得非常迅速，非常到位，甚至有可能之前专门练过，因为她单独待在浴室的时间只有短短几分钟。

那些天，我记忆中，所有人的脸都是一团模糊。和爸爸一起吃饭，也沉默无言。对艾洛达和扎辫子时间，也提不起兴趣。事实上，我开始讨厌艾洛达把手放在我头发上，我希望给我梳头的是博博。死亡改变了我看问题的角度。突然，我看到了一个新的真相：原来博博才是做我妈妈的完美人选。

更恐怖的，是意识到逼得她上吊自杀的人，有可能是我。我脑海中挥之不去的，是我告诉她，不，我没有去看天上的“斯卜特尼克”时，她脸上惊讶和失望的表情。

51

之后的一段日子，我仿佛是在迷雾中踉跄而行。我毫无计划地做事、出行、说话。偶然迷雾散去，我才发现自己正在做某件事，在某个地方，说某句话。

她的葬礼将在费城北边一个叫“上帝帮帮我们”的教堂举行，她还有一个姐姐住在那附近。我都不知道自己要去参加她的葬礼，直到发现自己正在路上，往我认为的通往费城的方向骑去。

我是怎么赶到的？距离至少应该有二十公里吧。我也不知道葬礼具体的地址和时间。我一共停下来问了多少次路？我只记得一张脸：一个头发斑白的老头儿，皮肤黑得近乎呈蓝色，门牙掉了。他用硬壳似的指甲为我指路。我骑车离开，他用嘶哑的声音在我身后喊道：“路上小心！”

快到时，我开始在脑海中构想葬礼的画面，和我在里面的角色。我被一个问题困扰着：“我怎么能够越过围聚在墓地前的一大群吊唁者，看见棺材呢？”我是一个双厂镇过来的白人小孩，非亲非故，也不是邻居。我没有理由，也没有资格钻过人群，站在前排，甚至不会受到任何人的欢迎。接着，我想到一个完美的解决方案：爬上一棵树！墓园里肯定有树吧，一棵可以攀爬的树，或许是一棵桑葚树，就在墓地附近。我可以从树上往下俯瞰，最好的位子！

受到这个计划的鼓舞，我更加用力地蹬起踏板。我找到了教堂。办公室的一位女士说："葬礼正在进行，就在街对面，不过——"

我冲出教堂，来到街对面。地面上竖立着一块块墓碑，可是除此之外，这里的一切都和我预想中的不一样。没有树，没有人群，不像监狱旁边的圣约翰墓园，这里连草都没有，仿佛死亡是这片土地上唯一能长出的庄稼，天空灰沉沉的。

五个人站在远处一角。我推着自行车走近时，其中一人离开其他人，从我身边走过：黑西装，黑皮肤，白领子，点头，微笑。他是牧师。推着自行车又往前走了几步后，我看见剩下四人中，有两人站在地里那个黑乎乎的方形土坑旁。他们站姿很随意，铲子立在地上，身子倚靠在上面，就跟铲子是他们的第三条腿似的。另外两个女人，则和牧师一样，穿一身黑衣。毫无疑问，其中一位是博博的姐姐。她们站得离墓穴很近。

我推着自行车，警惕地前行。很明显，我来迟了，下葬仪式刚刚结束。除了那两个黑衣女人，没有其他人前来哀悼。她俩一言不发，一动不动。奇怪的是，我看见她俩的目光投向了远方，投向了市区，而非那个黑咕隆咚的墓穴。我的自行车轮子转动时发出的轻柔咔嗒声，像极了一座空荡荡的房子里时钟走动的声音。我停住了。我和博博一起在静室里度过的亲密时光，突然显得无足轻重。我感觉自己侵入了别人的空间。我听见划火柴的声音，一个掘墓人用火柴点燃了一支烟。

突然，一阵风吹过我的脸颊。天色暗了下来。起风的缘故，我想，但我好像忽然间闻到了草莓的味道。我尽量悄无声息地掉转车头，穿过一座座墓碑，走出墓园。直到最后，我也没能凑到近前看一眼墓穴里的棺材。

骑车回家的路上，我脑海中不停闪现一幅幅挥之不去的画面：一辆倾侧的送奶卡车……半埋在鲜奶油中的四颗樱桃……安德鲁坐在我的自行车上靠在我怀里……博博的笑声……安娜玛丽·品托的母亲在菲奥里超市收银……我母亲的鞋……博博闪亮的鲜红指甲。二十公里的路，我一定兜兜转转骑了有四十公里。当我把自行车拖进接待厅时，巴特费尔德太太已经下班回家了，夜班警卫阿尔已经坐在了她的位子上，另三名警卫在一旁站着。他们都一脸惊讶地看向我，然后又看向楼上的公寓。爸爸正站在楼梯上。“你上哪儿去了？”他厉声问道。

我把自行车停靠在黄铜痰盂后边。“博博的葬礼。”我回答说。

爸爸脸色立马变温和了。就在刚刚，我几乎可以听见房间里回响着他准备教训我的话。

“天黑了。”我爬着楼梯，快到他身边时，听见他说。他摘掉我的棒球帽，摸摸我的头发，我的肩。“你湿透了。”

对我来说，这是个新闻。显然，我是冒雨骑回家的。

那天肯定是星期一，因为卡尔每周的派，端放在厨房的餐桌上，完整无损地，等着我去切分。我切派的刀和一只盘子，摆在一旁。

艾洛达正站在煤气灶旁，转动旋钮。我不明白她在那里干吗。通常她晚上七点就回牢里了。

“我不饿。”我告诉她。

她转过身，看了我一眼。“你浑身湿透了。”她说。

“我说真的。”我说。

接下来就是她在厨房里一边扯下我的衣服，一边嘀嘀咕咕地说小孩子这小孩子那的。我已经是个快满十三岁的少女了，还被称作“小孩子”，不过我并不介意。我已经对一切都麻木无感了。她用擦碗巾给我擦干身子，然后给我换上爸爸的巧克力棕色毛绒睡袍。

那是我对那天最后的一条记忆，我的世界已然崩塌。如果说，我之前一直封闭在一个属于自己的监狱里，那么，我现在则处在孤独之中。在孤独中，一周中没有天，没有日历上整齐的方格。没有黎明，没有天气，没有窗户。没有彼，没有彼时；只有此，只有此时。只有光和暗，甚至连光都是暗的。

我一定已经上床了，我想我肯定睡着了。但我所能够回忆起来的全部，是爸爸的毛绒睡袍，那么柔软，堆在我的耳朵周围——和裹住博博身体的泥土做成的棕色“衣袍”，质地如此不同——接着，是我坐在了吧台旁的高脚凳上，艾洛达站在我身后，手里拿着梳子和橡皮筋，所以这一定是另一天了。我刚刚匆忙喝完一杯咖啡。这次，任何人，甚至连我的私人专属看守也不能拒绝我提出的任何要求。此刻，在咖啡因的作用下，毫无疑问，我又开始叨叨个不停，变回了平时那个话痨凯米。

我跟艾洛达讲述博博的葬礼，讲述我和博博一起度过的时光，讲述博博年少时在南方沼泽地度过的岁月，以及她在一座明亮的水边的房子，和德兰西共度余生，生一堆孩子的梦想。讲述博博对史酷比·嘟比的香蕉船情有独钟，和她委任我做代理人的事，以及我俩之间红薯派的约定。站在我身后的艾洛达，一边给我梳头，一边倾听。突然，她开口说：“没有德兰西这个人。”

“哈？”我说。我已经不知所措，所以更加茫然了。

她重复道：“没有德兰西这个人，凯米小姐。我很抱歉，但这个人从未存在过。”

我猛地转头，她一不小心拽疼了我的辫子。“她在法院门口的公园里与他相遇，”我告诉她，“在加农炮下边的长椅上。他在吃三明治。她说：‘肝泥香肠啊。’‘还有洋葱呢。’他说：‘你鼻子可真灵！’他在法院的书记处工作，可那里的一个长相丑陋的女士就是不承认。”我咄咄逼人、不依不饶地讲。我对证据也略懂一二。

我看见了她脸上那个忧伤、失望的笑，大人们不得不对一个快乐、自以为是的孩子说“对不起，你错了”时，就会露出这样的苦笑。“这些都是她编的。”她说。我目瞪口呆地看着她，看着她的苦笑。我真想打她一拳。

“你撒谎！”我尖声叫着冲出了家门。

52

当然，艾洛达是对的。

当信息如潮水般涌来时，我不得不承认，博博告诉我的大部分事情都是假的。没有南方沼泽地度过的童年，没有舞娘，没有旱地滑冰手，没有马戏团驯兽师。和她向我汇报的截然相反，她并非马上就要刑满释放了，她还得在监狱里蹲上至少十年。且不论她犯过什么罪，反正肯定不是商店偷东西那种小罪。

德兰西是最后一个离去的，我为他而战。我一遍遍地回到法院大楼。我纠缠了一个又一个坐在办公室窗口后面的丑女人，我询问了一个又一个下班回家路上的法院员工。我坐在加农炮下边的长椅上，等待着，希望在下一秒闻到肝泥香肠和洋葱的味道，希望一转身就可以看见他。最后一次离开公园长椅后，我来到法院大楼的露台上，俯瞰整座公园。我从上面看向那张长椅，就像一只鹰，目光紧紧锁定一只田鼠。可他从未出现过。于是，我离开了。

谎言？梦想？幻觉？

我决定把它们称作梦想。我把它们从地面上拾起，用衣摆擦拭干净，然后塞进牛仔裤口袋里。我进行了一次“朝圣”——我步行，而不是骑车——去了史酷比·嘟比，重新扮演了一次博博的代理人，最后一次搭建起我俩之间的爱之桥。在吃下最后一颗樱桃时，坐在窗边的我，突然抽泣起来。我知道——我毫无来由地确信——在某个维度，在某个独属于我和博博的宇宙中，德兰西是真实存在的。

53

孤独。

那里没有时间，没有故事。那里是光阴逝去的地方。送奶卡车撞上我母亲的时候，我正在街道上空飞翔……我和丹尼·拉派拉并肩走在铁轨上，烟花燃尽后无烟火药的气味使空气变得甜蜜……线球飞向高空，越过世界尽头的那道墙……雪球砸向火车上的守车……掘墓人划了一根火柴……海伦和特莎在羽毛球网前争吵……酿酒厂的哨声没完没了地响着，因为午饭时间永远未到……

这种感觉，马尔文·爱德华·贝克最懂。你可以去问问他。

我骑着自行车，驶向离小镇越来越远的地方。一路上，我一直在留意看明亮的水边的房子。

我沿着史东尼河骑行，从它汇入斯古吉尔河的地方，往上游骑，一直骑到郡立医院的所在地。

我骑车穿行在莫欣角的大街小巷上，尤其是米尔街上那座蓝色大门的房子背后的那条巷子。虽然艾洛达把安德鲁从监狱赶了出去，可她从没禁止我在别的地方见他。尽管如此，我在那之后，再也没见过他。为什么呢？难道我相信听艾洛达的话就可以为自己赢来她的嘉奖，还是我一直在担心害怕再次见面会破坏我们一起骑行和那天的美好回忆？我不知道。我只知道，我已经到这儿了，把车停在一根电线杆下，偷偷观察着他妈妈在后院里的一举一动。隔着一道白篱墙，我只看得见她的头和肩膀。她还戴着那个柠檬黄的头巾。每隔几分钟，她就会俯下身，从我的视线中消失一次。或许，她正在干园艺活儿吧。

突然一声大喊——“妈咪！”——安德鲁兴冲冲地从后廊跑下来。他个头比篱墙矮，所以我只能听见他的声音，看不见他的人。兴奋的尖叫和叽叽喳喳声，像鸟儿在空中乱飞，直到他又冲回屋内，巷子里又一下子安静了下来。我又等了会儿，见他迟迟不再出来，便骑车离开了。

我来到左外野旁的公园林荫道上，看那群男孩打棒球。

我到奈德热狗店，要了一根一英尺长的热狗，吃了一半，把剩下的一半扔了。

我大口大口地吃糖，火星棒，银河系，黄油手，但没吃土耳其太妃糖和糖心爹地，太费时了。标语已经开始出现在大街小巷，意识到保护地球重要性的二十世纪六十年代即将到来——“请别乱扔垃圾！”——我照旧把糖纸满城乱扔。

我拐过街角。丹尼·拉派拉迎面走来，我赶紧掉头，往反方向去了。

鲜红的指甲划伤了我的梦。

玉米肉饼的香气弥漫在空气中。

牛奶瓶叮叮当当地响。

小孩子当街对骂。

你看见斯卜特尼克了吗？

没有。

你看见斯卜特尼克了吗？

是的。

看我带了什么？

线绳，我亲爱的。

那个街角……街角……

我摸摸后脑勺。辫子……不一样了。我手指在数……一结……两结……什么时候变成了……两个结的辫子？

我有。

我没有。

我没有去操场上。没有从厨房的后窗往外看。没有爬上死亡之塔，进到萨拉米香肠房。没有骑车经过瑞典大街428号。白天。黑夜。黑夜。白天。我的脚踝……刚刚从厨房走进客厅，绕过厨房吧台的转角时，一不小心碰到了脚踝。我光脚，穿着脚踏车裤，这是之前雷吉强迫我这样穿搭的，现在感觉那会儿真是恍若隔世。我低头一看，它不见了：那个血痂，橡树街上自行车擦伤留下的血痂。那是博博在我身上留下的最后一片印记，让我时时想起在史酷比·嘟比为博博做代理人的那天，那是我们在一起的最后一天。我双手和膝盖着地，在地毯上到处搜寻脱落的血痂。一阵敲门声响起。我慌了。血痂！在哪儿呢？砰砰砰。在那儿！我找到了。我把它放进口袋里，然后去开门。有人在尖声叫着我的名字。我收拾心神，推开那扇若有所思的橡木门。我把锁门的铁杆拉开时，门似乎不情愿地咯吱了一声。骚乱就在门外。我用力往下一压铁门闩，正准备开门时，她们抢先了我一步。她们推门的力道真够大的，一下子就把我推倒在了地上。“监狱小鸟”们齐声对我尖叫：“生日快乐！”

54

她们甚至没等我从地上站起来，就越过我的身体，冲进了客厅。雷吉从她的《美国舞台》托特包里倒出了一堆45转唱片，其他人则冲进我的房间，寻找唱片机。她们把唱片机胡乱丢在咖啡桌上，插上电，就开始跟着歌曲《扭扭舞》摇摆起来。雷吉将我从地上一把拽起，让我跟着模仿她扭动胯部：

来吧，宝贝儿，让我们一起跳支扭扭舞！

我猜，那天早上醒来后，我应该知道那天是我的生日。我的意思是，我肯定知道的，对不？我十三岁啦！我一定知道那天晚上七点她们会来，我一定知道她们会留在我家过夜。（我邀请过她们，不是吗？在我之前的生活，在巴特费尔德太太告诉我出事的是博博之前。）要不然她们怎会带着铺盖卷儿来我家？要不然我家饭厅的餐桌上怎会布置得跟过节一样，家里最好的银器都摆了出来，每个座位上都放着一个小小的金色盒子，绑着金色的蝴蝶结，餐桌正中央还摆着一个生日蛋糕，草莓糖霜上用蓝字写着我的名字“凯米”？

要不然餐厅的一面墙上怎会挂起一排用硬纸板做的鲜红、闪亮的大字——“你长成少女啦！”？

要不然客厅的天花板上怎会悬挂着一个皮纳塔？

各位陪审团的女士们先生们，证据已经确凿：一场生日派对正在举行。

我猜，餐桌是艾洛达布置的，大字标语也是艾洛达挂起来的。我猜，蛋糕是卡尔做的。我猜，我打开了生日礼物。

毋庸置疑，作为那天的寿星，我是第一个砸皮纳塔的人。毋庸置疑，它向外喷撒了许多糖果。毋庸置疑，我们高兴得大声欢呼。

那一夜，一定充满了欢声笑语，跳舞、唱歌、蛋糕、冰激凌、十三根蜡烛、“祝你生日快乐！”、连篇废话、嬉笑、天黑前换上睡衣、赤着脚打闹、枕头大战……我猜，我玩得很开心；我猜，我人确实在那儿。

或者说，在那儿的，是我的分身。

那个和我一直有联系的我，那个孤独者，那个可悲可鄙的正缩在自己的黑洞里的格格不入者，那个正从幽深的洞底向外张望、看见了此时此地、看见了遥不可及的那个恐惧的自己的人。那个我正被一场生日派对的欢声笑语包围着、环绕着。如果那通电话没有响起，天知道这种状态还得持续多久。

55

雷吉接起了电话。“奥莱利家，请讲！”她听了一会儿，把听筒递给格伦达，“找你的。”

屋子里鸦雀无声，我们都盯着格伦达·西莫耶，她也盯着我们，露出一副认真在听的表情。一开始的时候，她连声说了好几次“不”，垂头丧气地道了一声“对不起”。后来，她又沉默地听了好一阵，随后又说了一句“我会的”和一句“我不会的”，一连串的“好的”，伴随着不停的点头，仿佛她的脖子被安了开关，然后她一本正经地说：“我会的……我不会的……我保证。”最后说道：“晚安，妈妈。”

格伦达失魂落魄地、仿佛找不到电话底座了似的把听筒递还给了雷吉。

“怎么回事？”堂娜·霍洛韦屏息问道。

“一切还好吧？”古西·科恩尼克问。

格伦达身子往下一沉，深深地叹了口气。一度，我以为她快哭了。“是我的牙刷。”她说。

“它怎么了？”雷吉说。

“我忘带了。”格伦达说。

“就这点事儿？”我说。

又一声叹气。“每次我们出去，都是我妈妈帮我打包。这次我要求她让我自己做一次。我……”她抽泣起来，“我明明把所有东西都卷在被子里了。我记得……”她激动地尖着嗓子说，“一样不落啊，除了我的牙刷。”

“小问题。”雷吉说，“你用我的吧。”

“哦不！”格伦达的眼睛里闪着警惕，“我不能用任何人的牙刷，只能用我自己的。”

“但你自己的还在家里的浴室放着呢。”雷吉合情合理地指出。

格伦达更加垂头丧气了。“我知道，那我今晚就不刷牙了。”

古西说：“好吧，我告诉你一件事。我才不要和一个没刷牙的人待在一个房间里。”

大家哄笑起来，格伦达也无力地笑了笑。

我跳起来。“我给你找一支。”接待厅后边的储物室里有洗漱包，是分发给每一个新入狱的犯人的。洗漱包里有牙刷，我只需和夜班警卫阿尔打声招呼就好了。之前，我也从那里拿过东西，是在我小的时候。那时，我羡慕犯人们人人都有洗漱包，而我却没有。我向门口走去。

“不要！”

格伦达的喊声让我停下了脚步。我转过头问：“不要？”

“我妈妈说过，不能用别人的牙刷。”

我妈妈。

整整一晚，我不停地听到这个词儿。

我妈妈这个……

我妈妈那个……

当然，这个词儿我之前也听过，从小到大一直在听，并经常被它刺痛。但从来没有像这次一样，一次谈话中挤挤挨挨、密密麻麻地出现这么多个“我妈妈”。

“格伦达，”我不客气地说，“我准备给你的牙刷，现在还装在一个小盒子里呢。是全新的，没人用过。”

格伦达看上去很痛苦，但她仍然坚持自己的立场：“我妈妈说过的。”

我彻底失去了耐心，冲她大喊：“我会把它煮一下的，好吗？”

她皱了皱眉，眼泪掉了下来：“我……不能。”

就在那一刻，我爆发了。

56

我知道。这看上去没什么，肯定算不上什么颠覆世界的大事儿。但点点滴滴，已经累积了十二年多。她说“我……不能”。于是，所有的一切，从生日派对，一直往前，回溯到牛奶瓶碰撞发出的第一声叮当，所有的一切，倾倒了出来，洒了出来，灌进了我的黑洞，我生命中的所有事情，席卷而来，让我在其中翻滚颠簸。突然间，我一点也不感到孤独了。哈！一点也不！我再也受不了了。

我走到门口，拉开铁门闩，推开大门。我回头对格伦达说了一句：“滚！”

她吃惊地瞪大眼睛：“啊？”

我站到一边，把门开得更大：“滚回家！”

她还没明白我的意思。她看看其他人，其他人也不知道该看向她，还是看向我。她又重复了一遍，这次带着一丝淡淡的不可思议的笑：“哈？”

我咆哮道：“滚回家去，格伦达。滚出我家。”

她不解地瞪着我。

我大喊："立刻，马上！你听不懂英语吗？"我怒气冲冲地踱到一把扶手椅旁，拽起她的铺盖卷儿，用力摔在她身上，将她推倒在地。罗莎娜和堂娜把她扶了起来。她一动不动地站在那儿，手里抓着铺盖卷儿，挡在胸前，胸脯一起一伏，大声抽泣着。我指了指门口："快滚！快点！快回家找你妈妈去！"

她突然撒腿就跑，一路大声尖叫着，冲下楼梯，奔向门外。她逃到艾瑞大街上时，我仍可以听见她的哭号声。

我站在门旁边，瞪着其他的"监狱小鸟"。她们也回瞪着我，仿佛在试探我到底敢不敢把她们赶出去。

我把门开得更大了。"好了，"我说，"你们还在等什么。"

她们赶紧卷起自己留宿用的东西。雷吉从唱片机里取出45转唱片，装回她的《美国舞台》托特包。她们一个接一个地离开了派对现场。古西动作迅速地从咖啡桌上抓起一把皮纳塔糖果带走。她们拖着自己，走出门外。然后，雷吉又半道折了回来，指着我的脸说："你知道你缺什么吗，凯米？"她直呼我的名字，"你知道吗？"

我等着。她却没有继续说下去。显然，她在等我的回应。"你说我缺什么，雷吉？"

她涂着口红的嘴唇轻蔑地撇着说："你缺的……是教养。"说完，她便干脆利落地转身，向楼下走去。

我关起门，上了锁。艾洛达的扫帚还在地上，之前被用作砸皮纳塔的道具。我木然地看着屋内的一片狼藉，感觉它们仿佛已经是史前留下的遗物了：我们相信，这里曾经是一个派对的遗址；看这里，这些是蜡烛的残根，有可能是摆在生日蛋糕上的，一共有十三根。所以，或许，寿星是一名少女。

57

我的“失控罪”一点也不复杂。（托马斯·布朗恩，你在听吗？）它可以这么解释：她崩溃了。但是这么说，你会发现，容易引起误解。那就这么解释吧：她疯了。

我生气时常干的四件事是什么？当然了，我又骑上了自行车——轧过别人家的草坪和花床，尤其是北区的那些有钱人家的。

我去了蓝鸦餐厅吃早点。我掏出口袋里所有的零钱，扔在柜台上，说：“给我来份玉米肉饼。”结果，我的钱只够买六块饼边角。我狼吞虎咽地全部干掉了。

我去商店偷了东西以纪念博博。我偷了一包香烟。偷的时候，我甚至一点也不紧张，也没有特别小心谨慎。我是从墨尔菲奥商店柜台后边的货架上偷的，当时墨尔菲奥先生正在看另一个方向。那是一包沙龙牌香烟，博博一直抽的牌子。

我回到监狱，走进接待厅，朝巴特费尔德太太敬了个礼，然后突然恶心反胃，便对着黄铜痰盂，把玉米肉饼全吐了出来。

我上了楼，躺倒在自己的床上，直到感觉好点，才起身，抓起那包偷来的沙龙牌香烟，四处寻找艾洛达，发现她正在洗衣间洗衣服。我正准备点烟，却发现自己手边没有火柴。我在厨房的一个抽屉里找到一盒火柴。我站在洗衣间门口，随意地倚在门框上。艾洛达正埋头整理一堆衣物。

“嗨。”我主动打招呼道。

“嗨。”她头也不抬地回了一句。

我晃了晃手中绿白色的香烟盒子，学操场上女犯人们的样子，撕开封口，磕出一根烟来。我把烟叼进嘴里，然后发现自己不自觉地开始吮吸，仿佛那是一根糖果。

我试了好几下，才把火柴点燃。我从雷吉那儿学会，嘴里吸的应该是有滤嘴的那一端。我把火苗凑近有烟草的那一端，看见它开始冒烟、燃烧，才松了一口气。我听说过怎么吸烟，可我决定还是不冒险尝试了。再说了，我的目的并不是吸烟，只是想看看艾洛达的表情。她还在埋头整理那堆衣物。

我漫不经心地，像电影明星那样，把沙龙香烟从嘴里拿出来，夹在两根手指间，动作十分优雅，手掌外翻，掌心向上，仿佛在感受飘零的雨丝。

“你在做啥？”我问。

“整理衣服。”她说。

我暗自叫苦。“艾洛达，跟人说话时，你至少应该看着对方。”

她停下手中的活儿，抬起头来，直勾勾地看向我。我在她脸上看不出任何表情。“我在看呢。”她说。

“我在抽烟呢！”我尖声道。

“恭喜你。”她说着，又低头干活儿去了。

“算了。”我不耐烦地说着，便怒气冲冲地走出了房间，走出了监狱。

我已经来到大街上，才发现手里还捏着那根香烟。烟早已熄灭了，只剩下烟屁股。我把它弹向一辆刚好经过的车。

我要报复整个世界。

在马歇尔大街上，我和其他小孩一起夺线球、抢本垒——然后再把球扔回监狱的高墙内。我骑车离开时，听见身后响起一连串辱骂声。我大笑几声，作为回应。

我爬上死亡之塔，在城垛上来回踱步，想让全镇人都看见。电话总机灯亮了。一个守卫上来把我带走，爸爸狠狠训了我一顿。第二天，我又故技重演。

“你怎么回事？”爸爸在晚餐桌上问我。

我默不作声。我用冷暴力回应他，对艾洛达也一样。每天早上的梳头环节，都在沉默中进行，只有梳子摩擦头发的沙沙声和橡皮筋发出的噼啪声。我心怀恨意，恨爸爸和艾洛达似乎并没有因为我的冷漠而感到不快。我开始构想应该说点什么，譬如一个完美的句子，让我可以像扔炸弹一样丢给他们，然后再重新回到沉默里。

我在伍尔沃斯超市偷了一包指甲锉。从超市出来后，还没走过一个街区，我就把它们全扔了，扔在了路边一块“请别乱扔垃圾！”标语牌下。

我在小河边钓小龙虾玩。或许我十分清楚，自己正沿着河边，一点一点地向少年棒球联盟球场靠近。零星的叫喊声和球杆击球的声音从树林间传来。我刚刚从一块石头下翻出一只小龙虾，正拿棍子追在它屁股后面戳它玩儿，却听见有人在喊：“嗨，凯米。”我抬头一看，是他，丹尼·拉派拉。他正笑容满面地看着我，一副无比开心的样子。我打他时，他还在笑。我扇在他脸上的那一巴掌，完全不像一个女孩打出的，而是正对着他面部的重重一击。他一个趔趄，往后倒退了好几步，最后跪倒在地，球棒磕在了石头上。当他重新站起身来，我发现他嘴角带血，他脸上的表情，直到今天，我仍然忘不了。

哦，托马斯·布朗恩，最糟糕的时光能有多糟糕呢？我刚刚做出的令人发指的恶劣行为，应该足以让我从“失控”的状态中清醒过来了。然而，我并没有清醒过来——从这里就看得出我究竟有多么疯狂了。

他捡起帽子，穿过树林，走开了。他的背影，显得既颓唐又不失尊严。过了很久，似乎过了几亿年，我才发现自己正站在小河里，河水没过膝盖，一群细腿的水黾，正在我周围的粼粼水面上游弋。

我看见一位母亲带着她顽皮的孩子。那孩子——男孩还是女孩，我记不清了——刚刚从公园游乐场的滑梯上下来。我从公园的林荫道上骑车经过时看见了这一幕。那孩子从滑梯底部起身，接着又冲向梯子，想爬上去再来一遍。他妈妈则张开手臂拦住他。我停下来观看。“好了，”她说，“我们该回去了。”

他大声尖叫着，四肢乱扭着。你可能会以为她把那小屁孩儿的手放进火里了。“该回家吃饭了。”他妈妈说，语气是那么不可思议的平静。她一直在讲道理，可那小孩儿只顾着尖叫，一句话也听不进去。在那个无法无天的小孩儿身上，我看见了他们所有人，全世界所有那些奢侈地拥有妈妈、可以任性耍赖的小屁孩儿。秋千、跷跷板、旋转木马上的一切活动都停止了。这会儿，我离得更近了。当他开始拳打脚踢——一只脚踹在他妈妈小腿肚上，他妈妈疼得大叫起来——就在那时，我发现自己正从车把上俯下身来，对着那张被吓得双眼圆睁、大声尖叫的小脸，发出了一声声嘶力竭的怒吼：“听你妈妈的！”接着，我吃惊地发现自己竟拽着那小孩儿的另一只胳膊，又掐又晃的。我松开手，掉过头，沿林荫道往山上骑去。我骑车离开后，身后传来两个人愤怒的叫喊声。我已分不清哪个是他妈妈的声音，哪个是那小孩儿的。

我又爬上了死亡之塔，来到垛口边。我带了注水的气球，朝下面经过的巡逻员头上砸去。大声尖叫！四肢扭动！那种感觉，虽然比不上往敌人头上浇油，但也够爽了。我在投诉电话打进来之前，匆匆逃离现场。我去布林糖果店偷了一大把露丝宝贝。

那晚，晚餐桌上，爸爸又问了一遍："你怎么回事？"

上次之后，我就再也没和他说过话。但我一直在构思那个完美的句子。我隔着自己面前的那盘意面，冲他大喊："我又不是你的手下！"我虽答非所问，但没关系，我的目的只是让他伤心。看他脸上的表情，我就知道我成功了。为了强化效果，我抓起自己的那份派（十分樱桃），往意面里一砸，气冲冲地离开了公寓。

我比公园玩滑梯那小屁孩儿还要无法无天。但我乐在其中，每一分钟都很享受。

58

雷吉回来了。

她装出一副若无其事的样子，但其实，很显然，她心不在焉，忐忑不安。我还以为是跟生日派对上的不快有关，但我错了。她压根没提那事儿。

她坐在我的床上，和我有一搭没一搭地闲聊着。她手里捏着一个束口袋，上面缀满黑色和绿色的珠子。那个包可真丑，估计是她妈的。

终于，她进入正题了。她从那个丑包里掏出一张纸和一支圆珠笔。她的声音在微微颤抖。“凯米，”她说，“听着，我知道上次签名照的事情很傻。所以，我在想，我们何不就这样，只要他的名字（我俩都心知肚明“他”指谁）写在这张纸上。”她伸出纸和笔，“我甚至都想好了该怎么做。其实，你啥都不用做。我可以自己去把这张纸递给守卫，然后——”

她竟然已经失心疯到了这种地步。

我从她手里夺过纸笔。我抓住她的手腕，把她拖出公寓，拖到梅恩东街上，拖进菲奥里超市，带到一位女收银员面前。那位女士正在给一只哈密瓜扫码。她个头比我高一点，有一头乌黑的长发，白色制服裙上用紫色的线绣着她的名字：莉莉安。

我冲到排队结账的人前面，让雷吉和被杀害的女孩的妈妈面对面。“来，”我厉声说，“见见品托夫人。她女儿的名字叫安娜玛丽，有印象吗？告诉她你想要什么？”

我气冲冲地走出超市，留下她俩愣在原地，目瞪口呆地看着对方。

我来到商店扒窃的圣地：伍尔沃斯超市。我的牛仔裤有四个口袋，我把它们统统塞满了。我挑的净是些小物件，因为我想偷一大堆东西，向博博致敬。裁纸刀、橡皮、口红、鞋带、别针、奶嘴，眼看口袋快要撑破了，但我其实还有一条束腰带可以利用。于是，我在束腰带的前后和两侧，又塞了十几条白袜子。

我正要出门走上人行道时，一只手搭上了我的前臂。“不好意思，小姐。”我转过身，发现自己正和一个小个子男人四目相对，他和我差不多高，比品托太太矮一点。正午的阳光反射在他的眼镜片上，让我看不清他的眼睛，感觉他像一个小恶魔似的。但他的嘴角带着微笑，声音也很温和。“你是不是忘记什么了啊？”他说。

我立马放松了警惕。真是个好人，我心想，还特意追上我，给我提醒。我一定是把什么东西掉在地上了。

我还真这么想的。“没有，”我回答道，“应该没有。”

“哦，”他说，他移动了一下身子，这下我看见他的眼睛了。他确实不是恶魔，只是一个脾气很好的秃头男人。他把我的胳膊抓得更紧了。“我觉得有，”他说，“你忘了做一件事。”

然后，他看向我身后。接着，突然，他放开了我的胳膊，一个巡警出现在我面前，高高在上地俯视我——因为他比那小个子男人高很多很多。一开始，我很惊讶，他居然没认出我。后来我才反应过来，并不是双厂镇所有的警察都认识我，只有监狱里的巡警才认识我。他的笑容比他那黑色帽檐上的勋章还要耀眼。“好吧，那么，”他说着，俯下身来，用和他巨大的身形不相符的温柔动作，撩开我的上衣，只掀起一角，足以看见里面藏的东西，“看我们发现了啥？”

59

五分钟后，我坐在了小个子男人位于超市后边的办公室里的一把椅子上，目瞪口呆地看着桌上的一大堆东西。我不得不承认，我被自己的“战果”给惊到了。我突然想到，如果博博在场的话，她肯定会为我感到无比骄傲。

我们聊了一会儿——大个子巡警、小个子经理和我。我现在还能忆起的，是当时我们聊天的氛围，具体聊了什么，早已忘记。非常欢快，友好。接着，突然间，大家都沉默了。两个男人面面相觑地看着对方，然后看向我，再然后又看向对方。毫无疑问，他们是发现了我的真实身份，在我告诉他们我的名字之后。

我被他们用警车护送回了监狱。

60

巡警找到巴特费尔德太太，要求见我爸。她告诉他，我爸还在哈里斯堡办事，要到晚上才回来。“那现在这里还有别人吗？”巡警问，“别的可以管管这个小孩的人？”听见自己被称作“小孩”，我有点不适应。

巴特费尔德太太没有立刻回答。犹豫了半天，她终于说：“有一个管家。”她指指楼上说，“她在楼上。”

我们找到艾洛达时，她正在吃午餐，一份熏肠三明治。我径直走进自己的房间，把巡警留在了后面。我关上门，但还留了一道缝。我仔细听着从厨房传来的声音，大多数时候是那巡警在自言自语。我听不清他在讲什么。但没关系，我也不需要去听。我知道他谈话的内容：她在商店偷东西了，偷了很多东西，请转告她爸。

巡警走后，我爬上死亡之塔，在那里待了整整一下午。艾洛达把我的晚饭送了上来：小牛排、豆煮玉米、牛奶，当然了，还有我的派。她站在台阶上，把食物放地上，就扭头走开了，一句话也没说。

我爸回来后，她没有立刻离开公寓。我站在窗口，呆呆地看着河对岸暮色中的桥港市。我想象着她会把我的事情告诉他。终于，我听见门打开的声音，听见楼梯上响起她的脚步声，她回牢房了。我还以为爸爸要找我谈话，结果，他并没有。

天黑透之后，我才从塔上下来。我暗自希望老爸从哈里斯堡办差回来已精疲力竭，待在自己的房间里，已经上床睡觉了。但没有那么好运。他正在客厅里，躺在他的安乐椅上，边看电视上播放的《我爱露西》，边喝冰茶。“你想我了吗？”

“不想。”我说着，赶紧溜回了自己的房间。

后来，我又从房间出来过两次，一次去厨房，一次去饭厅，故意试探他。他依然一句话也没说。

房间里，我坐在床上，盯着天花板，一个难以置信的真相渐渐浮现：她压根没有告诉他我的事情。

我发现，单纯的失控，是无序的、盲目的。所以，我接下来要汇报的事件，难免有些问题。事件发生的顺序正确吗？（不确定。）白天和黑夜有无颠倒？（有可能。）这一切都是真的吗？（取决于是我，还是你——还有，到底是哪个我？）除此之外，我把这当作故事叙述者的特权：我把这些事件，留在最后讲，是因为我觉得这样才对。如果事实上它们并没有发生在那段糟糕时光的最后一晚或最后一天，它们也理应在那时发生。无论如何，那会儿关于故事的结局，唯有一点确定无疑：

我从未预见到会是这样的结局。

我在黑暗中醒来。

我穿好衣服，溜出公寓，下楼梯，走进接待厅。夜班警卫阿尔正坐在巴特费尔德太太白天坐的座位上，好像在玩猜字谜游戏。他抬头看向我。他已经习惯在夏天晚上看见我了，因为我经常很晚才回家。“你好啊，凯米小姐。”

“你好啊，阿尔。”

“想开学了是吧？受够了这无聊的暑假？”我看见他咧嘴一笑，知道他在跟我开玩笑。

“都快等不及了。”我说。

我取来自行车，棒球手套挂在车把上，往门口走去。这时，阿尔清了清嗓子：“啊……凯米小姐……”

这种情况，他还不适应。他身后的那只大圆钟上显示时间为凌晨两点。我继续走到门前，打开大门。“我得出去一趟，”我告诉他，“我刚刚记起，今天落了一样东西在公园，我得回去找找。”

阿尔面无表情地看着我，他开始犯难了。监狱里的所有狱警都会自觉地保护我不受任何伤害——可我要自己伤害自己呢？我帮他解了困。“就一分钟，阿尔。我会很小心的。”

他最后还是不放心地说了一句：“可公园的路程不止一分钟呢。”

我大笑着推门而出。“是的。那就两分钟吧。”说着，我就离开了。

骑到一半，我突然发现自己忘了带铲子。好吧，就用木棍将就一下吧。

我骑过一盏又一盏路灯，四下悄寂无声，只有我的车轮转动的呼呼声在街上回荡。整个小镇都睡了，唯有我一人醒着。

我从林荫道左拐，进入公园。接着，在柳树街大桥处，再次左转，来到一条平行于小河的小径上。我骑到少年棒球联盟的球场上，停下来。月亮，高高悬挂在晴朗的夜空中，正好是卡尔做的派的一半大。四周没有树丛和建筑遮挡，月光倾泻而下，照亮了球场。此刻的球场真亮堂，完全可以来上一局棒球比赛。

我走进附近的树林。十五英尺开外处，小河正轻柔地流淌。我听见扑通一声。蟋蟀唱起了它们的歌，但在我听来，这歌声并非平日夏夜里那般温柔美好。今夜，夏天露出了咬牙切齿的一面。

我找到了我需要的木棍：一根两英尺长的树枝，坚硬，没朽烂，一端参差不齐，足够尖利。

我穿过闪闪烁烁的萤火虫，来到游击手区。我站上属于自己的位置，屈膝，抬手，脚后跟离地一英寸，准备好向左、向右，眼睛盯着球棒和球，就像斯特朗先生在棒球学校里教我的那样，只可惜他们不让我加入少年棒球联盟。我把木棍插入闪着微光的沙地，很快就触到了下面硬邦邦的黑泥。我挖了一个两英尺深的洞，把棒球手套从车把上取下来，吻了吻，扔进洞里。我把挖出的土重新盖了回去，并用运动鞋底把洞口踩实踏平。

或许是感觉自己像在参加另一场葬礼似的，我突然又想起了博博，想起了她说的“斯卜特尼克”。我抬头，目光穿过一片萤火虫，看向苍穹。她说过，它看上去就像一颗星星，只不过，它在天空中慢慢移动。我努力寻找它的踪影，仰着头，脖子都酸了。于是，我躺在地上，继续找寻。天上有很多星星，可没有一颗是移动的。最终，我认输了，站起身来，怏怏离开。我再一次让博博失望了。

我骑车回到柳树街大桥上。我下了车，一手抓住车前轮，一手抬着车后座，把车举过栏杆，扔到桥下的小河里。我转身离开时，还能听见车轮空转的声音。

我沿着铁轨往回走，铁轨在月光下银闪闪的。走着走着，我突然尖叫了起来。

到了榆木街，我赶紧跳下铁轨。一个声音在小镇另一边，河边某处响起。又一声。东边，有一个巨兽在咳嗽。我立马认出那不是内燃机车，是一辆蒸汽机车，可能是这世上的最后一辆了吧。我站在原地，等待着。

我看见一束光从老雪茄厂前的转弯处射来，紧接着，那巨兽自己也冒着烟，披着月光，冲了过来。虽然我站的地方紧挨着铁轨，但我并没有往后退缩。那巨兽就在我面前呼啸而过，离我只有几英尺远。我穿着运动鞋，瑟瑟发抖。当它那长着一对黄色大眼的车头闯进公园时，它身后拖着的一节节货运车厢，开始像滚动计时器般咔嗒咔嗒地驶过。我感到有细小的东西，如雨点般洒落周身。那是从燃煤引擎上掉下的煤灰。我可以感觉到煤灰落在了我的前臂上，可我依然没动，而那煤灰雨也依然没停，直到守车驶过，直到整列火车远去，成了西边的一抹淡影，一声呢喃，也依然没停。我就站在那里，一动不动，让煤灰落满全身，让煤灰在身边堆积，仿佛全世界的黑夜和死亡，都如雨点般向我砸了过来。眼看煤灰快要堆积到我腋窝处了，一个念头闪过，如同缓缓驶过的第二列守车："这不是真的。"我往前迈了一步，走出煤灰雨，走出不真实的自我。我可以做到的，这就是我的现状。我走上榆木街。当我转身回望，我看见煤灰堆还在那里，已经堆到了街灯下，而且还在往上升。

我及时赶回了我的地盘——艾瑞大街。经过圣约翰教堂时，我隐隐约约觉得墓园里那些黑乎乎的墓碑，似乎活了过来，变成一个个耸肩驼背的鬼，一路跟着我回家。

"好吧！"阿尔一边给我开门，一边说，"这两分钟有点长啊。"他语气中除了有点轻微的责备外，总体是愉快的。他似乎松了一大口气。

我好像说了声“对不起”或“我知道”。他好像问了我有没有找到落下的东西，好像还问了关于我自行车的什么问题。我好像手伸进口袋，抓出一把煤灰，扔到了他脸上。我记不清了，我这是在从记忆的袖口上摘下线头。

随后，阿尔好像说了句“那真是……”，我只记得接下来我就站在了空荡荡的操场上。我静静地立在那道高墙的阴影之下，我不想引起塔上站岗放哨的守卫的注意。于是，我主动站在阴影中，和黑夜融为一体。有那么一小会儿，我不觉得有啥，反而感到难得的放松。

然后，尽管这是一个温暖、潮湿的夜晚，我还是感到一阵彻骨的寒凉。一开始，我也感到不解。但接着，我就想通了。因为我突然意识到，我同时身处不止一个地方。当然，此处比另一个地方大得多，但女囚操场的形状和死寂空荡的气氛，都像极了“上帝帮帮我们”墓园里那口新掘的坟。

我离开阴影，走到操场中央被月光照亮的地方。我躺下来，双手交叠放在胸前。我很清楚自己在干什么。今夜的月亮只是半圆，但它挪下的月光，却足够明亮，足以让塔顶的守卫看清操场正中央躺着一个人。我已做好心理准备，随时都可能有第二轮更亮的月亮——塔顶射灯——照在我脸上。我以为我会听见一个更加严厉的声音大喊“站住！谁在那儿？”或类似的话。甚至有可能远远传来一支来复枪的扳机声。警报声！闪烁的红灯！杂乱的脚步声！

我才不在乎呢。

但什么也没发生，后来，我睁开眼，看见这个世界除了星空，什么都不见了。瞧那些星星！我听说，天上的星星，有怀尔德伍德沙滩上的沙粒那么多。我再次尝试寻找博博口中的“斯卜特尼克”的蛛丝马迹。但很快，我开始思考起和天使有关的问题。他们在天上吗？藏在星星后边，还是在星星与大地之间？博博的天使呢？

托马斯·布朗恩的呢？

我母亲的呢？

我想起爸爸那句无精打采的“当然了”。一句话就戳破了我首次尝试信仰的勇气。但那次的对话，发生在一间封闭的囚室内。此刻，在外边的操场上，在壮美的夏夜星空下，一位持怀疑论的父亲的“当然了”根本无足轻重。即便如此，他的这句话仍让我陷入思考。或许，人死了，并不会自动变成天使。或许，一位母亲的天使，也需要孩子的气息，帮助它诞生。于是，我对着星空，轻轻唤着她的名字，接着又大声喊道——“安妮·奥莱利！”

就在这时，我听见一阵金属的叮当，塔顶射灯打在了我身上。

61

直到她的孩子爬出了坟墓，一个母亲才能真正地入土为安。

第二天，我的眼睛还没睁开就被窗外亮晃晃的日光照醒了。我在想，昨晚的那一切——大呼小叫，手忙脚乱，骚乱一片——是否还在继续。接着，我听到了酿酒厂的哨声在小镇上空响起。午饭时间到了！我立马睁开眼睛，又赶紧闭上。照在我脸上的阳光实在太刺眼了。

过了起床那一阵的忙乱之后，我气也消了，心里却空落落的。这个世界，和往常一样，并没有在一夜之间改变。事实上，比昨晚更糟了，我的自行车和手套都不见了。

从出生到现在，我一直在用生气填补内心的空白。此刻，我在房间里四处寻找，想找一个地方撒撒气。我发现，原来是我爸，昨晚把我哄睡了之后，忘了拉窗帘，难怪阳光那么刺眼。除此之外，我还发现自己连衣服都没脱，直接躺在床上，还穿着昨天的牛仔裤和衬衫，只脱了运动鞋。

和平日里一样，我吃早饭的全套餐具还整整齐齐地摆在吧台上：碗，勺，果汁杯，早餐麦片，餐巾。谁在大中午吃早餐啊？我知道她在餐厅里观察我的一举一动。于是，我故意闹出很大的动静，在冰箱里翻找适合当作午餐的食物，可没找到。我只好从水果篮里取出一个苹果。我恶狠狠地啃咬苹果，发出嘎吱嘎吱的声音。我终于找到了出气的方式，啃得越来越起劲了。

她说："对不起。我不确定，你要不要……"话没毛病，可她语气不像那么回事。她听上去不够内疚。

我灵机一动：要不抽根烟吧——就现在！我拉开放内裤的抽屉，掀起一沓内裤（全部是基础款的白色全棉内裤），找我之前藏的那盒沙龙牌香烟。它却不见了。

一口苹果堵在喉咙。

我坐上早餐后梳头时间专用的高脚凳。她现在到了客厅里。"你拿了吗？"我问。

她停下手上的活儿，抬起头看向我，一脸无辜："拿什么？"

"你知道的。"

她瞪着我，我瞪着她。"我的烟，我的沙龙牌香烟。它们藏在我的内裤下边。你给我洗的内裤，你开过我的抽屉。它们去哪儿了？"

"我把它们扔了。"她说。就这样，就事论事，没啥大不了。

她随便的语气，她不假思索的坦白，让我一时语塞。我恶狠狠地瞪了她一眼。她正弯腰打扫咖啡桌。“你不许扔我的东西。”我告诉她。

她不停地擦拭同一个地方。她说了句什么，可我不敢相信自己的耳朵。

“你说什么？”我说。

她直起身子，正对着我：“我说，你不许在家里抽烟。”

我惊呆了。“你以为你是谁啊？你没资格告诉我该做什么，你又不是我爸。”

“他不在的时候，我负责。”

她声音里的平静让我抓狂。这突然的责任心是哪儿来的？不过，我还是哈哈大笑着说：“哈！是的。我来告诉你，你负责什么。你负责打扫卫生，这才是你该管的事儿。”我语气越来越激动。

抹布扔在了咖啡桌上，她在沙发上坐了下来。我简直不敢相信。除了午饭时间，我从没见她坐下来过。她拍拍她身边的沙发垫。“过来坐。”她说。

我差点儿就坐了。瞧，她坐在那儿，摆出一副家长的样子，这不正是我一直梦寐以求的吗？——可我心中充满了怨气。我对她冷嘲热讽道：“别在这儿教育我。太晚了，我已经不需要你了。”

她把双手叠起，放在腿上。“我知道你刚刚经历了一段糟糕的时光，凯米。”

糟糕的时光。

托马斯·布朗恩的话，像一记界外球，砸在我下巴上。

我猛烈回击道：“你什么也不懂。你以为你是谁，叫我凯米？和你说话的，是凯米小姐。”我用手指戳向她：“你是犯人，我才是这里的老大。”我拎起抹布，“看在上帝的分儿上！你就是个清洁工！”我把抹布在她眼前晃了晃，“你只是个用人！”我把抹布扔给她，“去打扫你的卫生吧！”我冲向门口，又转过身，指着她说：“滚下我的沙发！”

她一动不动地坐着，那悠然自得的样子，就好像她是一位贵客，正等着戴白手套的服务员给她上茶似的。

我气冲冲地走进厨房，抡起靠在厨房门口的干拖把。我用力过猛，把拖把柄给弄断了。“拖地去！”我尖声叫道，把折断的拖把柄戳在她面前，“快拖地去！真是的！”

她却以一种之前从未有过的眼神看着我，那眼神，正是梦想中，妈妈看向我的眼神。拖把柄从我手中滑落，我开始号啕大哭。

泪眼迷离中，我看见她站起了身，向我走来。我伸出手。“别过来！”她停下了。我继续哭着说：“我已经不需要你了！我很后悔，让你进了我家的门。我很后悔，给你送了生日礼物。我很后悔，我还……还……”

她又往前靠近了几步。“不要过来！”我大喊道。她又停住了脚步。“别碰我，我要你滚出我家。你又不是我妈！我只是你的一份差事！一份轻松、舒服的差事！”我一边跺脚，一边放声大哭，“你给我滚！我要放火了！”

她还是一动不动，没有转身离开我家，也没有走上前来将我揽入怀中，让我在爱的拥抱中窒息。她什么也没做，只是用温柔如水的声音说：“你该去那儿了，凯米。”

我努力在泪光中看清她的脸。“啊？”我说。

“你现在就去吧，”她说，“你早该去了，别再等了。快去吧，快点。”

“做什么？”我说，或者说，我哭喊道，“去哪儿？”

她用三个简单的字回答道：“你知道。”

当然，我知道。她一开口，我就知道了。但有一个问题占据着我的心思，灼烫着我的灵魂：她是怎么知道的？

我说不出话来，也迈不开双脚。

“凯米小姐。”她的声音更大了，“凯米，请……相信我。我懂你。你应该……你必须去……和她说说话……现在马上。”

她说得对。

这件事，我确实拖得太久太久了。

我跑向大门，奔下楼梯。冲过接待厅时，很多人的声音在我身后大喊。冲上大街后，车辆在我耳畔呼啸而过，人行道在我脚下呐喊助威。过了一个街区后，我已经开始狂奔了。哦，天哪，她说得太对了：分秒必争，一刻也不能耽误。我已经没有手套可埋，没有自行车可抬了。我跑过艾瑞大街，跑过瑞典大街，每跑一步，便解开过去生命里的一天，跑过樱桃街，直到终于，我来到橡树街和樱桃街的交叉口。那个街角。我扑倒在地上，扑倒在沥青路面上，扑倒在那个位置——哦，我知道那个位置——我脸朝下，贴在温热、漆黑的沥青上，终于，终于，我大喊了出来："妈咪！"这是我唯一记得的了。至于当时我还说了其他什么话，是否说得通，是否很冗长啰唆，我已经记不清了。十二年多的岁月中累积的情绪，在那一刻，喷涌而出，如洪水般，漫过街道，流进水槽。

我就这样，脸贴地，在街上躺了多久？我不知道。我是否影响到了交通、邻里？可能吧。我想，我还记得有一双双手，拉起我，扶我到街边的人行道上。我想，我还记得自己不停地走啊走，沿着一条条人行道，一直走到筋疲力尽，最后走回了家，站在楼梯下，抬头看见艾洛达的黑色平底鞋和牛仔布裙的裙角。她从楼梯上走下来迎接我。她的脸庞已泪湿。

进门后，她紧紧握住我的手。我的手黑乎乎的，沾满了沥青渣，指甲盖也掉了一半，指尖上全是血。她把我带到水池边，放了热水，给我洗手，然后轻轻拍干，吻了吻我指尖的每一处伤口。

她好像还给我做了点吃的。我好像吃到一半，就在餐桌上睡着了。我唯一能确定的是，就在我终于倒在床上，她帮我脱掉运动鞋，我以为自己再眨两下眼睛就要昏睡过去时，我感到床垫动了一下。我转过身。原来是她，坐在了我的床上。她正低头看着我，眼神里充满母亲般的爱意。这正是我梦寐以求的场景。我和睡神讨价还价：你可以收了我，但请先给我一两分钟。我可不想错过眼前的这一切。她俯下身摸摸我的脸颊，轻抚我乱糟糟的头发。她还给我挠了挠背。“你喜欢吗？”她小声说。我享受地呻吟着，她又给我多挠了会儿。我伸出手。我俩十指紧扣，一个属于我们自己的结。我想，我听见了她的低语：“好梦，小宝贝。祝你有甜美的一生。”然后，一个吻，落在了我的脸颊上。

62

第二天早上醒来，我独自一人躺在床上。我用手指摸摸脸颊。昨夜的那个吻，似乎还在我脸上。阳光透过窗户，涌了进来。

和往常一样，空气中弥漫着玉米肉饼的香气——但我总觉得，有什么地方与往日不同。我从床上坐起来，仔细嗅了嗅。香味比平时浓郁，浓郁得多。

我下床，走到门前，拉开门。瞬间，香气扑鼻而来。还有，我听见了吱吱的声音。平底锅煎饼的吱吱声，是从厨房传来的。她在给我做玉米肉饼！

“艾洛达！”我大喊着跑进厨房。但应声从灶台边转过头来的，却不是艾洛达，而是我爸爸。

“艾洛达呢？”我问。

“早上好，”他说，“不用谢我，猪鼻子爱好者。”

我又问了一遍：“艾洛达在哪儿？”

“出狱了。”他说。

我目瞪口呆地看着他。“出狱了？”我明白这个词的意思，但这一切依然说不通啊，“你的意思是，她自由了？”

他点点头：“刑满释放。”

我尖叫道：“不可能啊！她从来没说起过。她肯定会告诉我的呀。”我还是想不通。“她再也不回监狱了？”

他正盯着煎锅：“对的，她和鸟儿一样自由了。”

我讨厌他一本正经、就事论事的语气。厨房里虽暖如春日，又氤氲着玉米肉饼的香气，可我依然仿如置身1月般寒冷。

我把叉子用力摔在餐桌上。“她不会这样的！她不会不辞而别。”我快要哭出来了。

他垂下肩膀，手里还拿着铲子。当他转过身来面向我时，他露出忧伤的表情。“凯米，我很抱歉……”接着他又说了许多胡言乱语，许多我不愿听的话，比如“夏天已经过去了”，还有“你已经是个大姑娘了”“不再需要管家照顾你了”，等等，等等。

我受够了他的胡话。我连鞋也顾不上穿，便冲出家门。楼梯下到一半，我突然想起：我的自行车不在了，它还在小河里，是我把它从桥上扔下去的。

我光着脚，还穿着昨天的衣服，飞快地跑过艾瑞大街……赫克托巷……马歇尔大街……瑞典大街……428号。它看起来和之前一样。只不过有一点不同：百叶窗拉上去了。窗户像一双双空洞、睁大的眼睛，直直地瞪着我。我砰砰擂门，狠按门铃。我从前窗往里看：屋内昏黑，家具还在。我绕到房子后面，用力捶击纱门，敲打窗户，站在侧院里，大喊：“艾洛达！”

“她们走了。”

旁边的人行道上传来一个声音。是一个小男孩，八九岁的样子。他站在黑铁栅栏外，手里拿着半根冰棍儿，橘子味的。他戴了一顶纽约洋基队的球帽，所以我第一眼就不喜欢他。

“什么？”我说。

他咂了好一会儿冰棍，才慢悠悠地说：“她们搬走了。”

我一时没反应过来：“她们离开了？”

“是的。”他笑着说。

我往前一步，逼近他。他吓得直往后退。“有什么好笑的？”

笑容从他脸上消失了。“没什么。”

“她们两个人？两个都走了？都搬家了？”

“是的。”

“可家具还在。”

“她们是租客，帕波一家。其中一个是犯人，她之前蹲过监狱，刚刚放出来。她们租的我家的房子。我们就住在隔壁，我听见你在喊。”他一口咬掉一英寸长的冰棍。

“是帕科一家好吧，”我说，“什么时候走的？”

含糊不清的话从他含满橘子棒冰的嘴里吐出："什么什么时候？"

"她们什么时候搬走的？"她昨晚还和我在一起。

"今天。"

原来我醒来时，她已经走了。"今天早上吗？"

"是的。那个罪犯和她姐姐，她们雇了一辆友好卡车。我都看见了。"

她出狱的那一刻，就搬走了。原来一切她早计划好了。她是否料到了我会来找她？"她们搬去哪里了？"

他脸上又露出了窃笑："谁知道。"

我走出大门。他退到路边，远远看着我。我想过打掉他手中的冰棍儿，但我终究没有动手。

我突然感到指尖一阵刺痛，我开始往回走。我听见他在我身后哈哈大笑道："喂，你没穿鞋啊！"

回到马歇尔大街上时，我已经跑起来了。我记起一件事：她送给我的生日礼物我还没有打开过。别人送我的礼物，我也一件没拆。她把它们整整齐齐地摞在了我房间的一个角落。

她的礼物放在最上边。我用力撕开后，忍不住放声大哭起来。那是一条扎头发的丝带，鲜绿色的。

第二天，我升入了斯图尔特中学七年级。

63

运动，俱乐部，课外活动，学习，我全身心地投入学校生活之中。

生日派对惨剧已经在学校里传开了。“嘿，炮弹，”我在走廊上听人喊，“我能参加你明年的生日派对吗？”我哈哈一笑。

我看见那些突然发现自己和加农炮弹凯米·奥莱利面对面的同学眼中的畏惧。还有我云淡风轻地走过——甚至带着一丝微笑——没有挥拳，没有怒视，也没有爆粗口时，他们眼睛里的惊讶。

雷吉，上帝保佑她和往日一样宽容大度。她在开学第一天，就在地理课教室外，给了我一个大大的拥抱，似乎完全不记得我把她拖到菲奥里超市去见品托太太的事情了。她也没再提起过马尔文·爱德华·贝克。

事实上，我和所有“监狱小鸟”都和好如初了。我邀请她们来我家参加“比萨和枕头”狂欢夜派对，她们都来了。

连格伦达·西莫耶也来了！我在大门口迎接她，还给她带了一份精心包装好的礼物。她打开后，哈哈大笑起来——是一支牙刷。

在我初中生涯的头几个月，我似乎每天都在收获新的朋友。待我指尖的最后一块血痂脱落时，已经没有人再叫我加农炮弹了。

当然，我早已金盆洗手，不再去商店偷东西，也不再随手乱扔垃圾，恐吓小孩子和他们的母亲了。

唯一不和谐的音符是丹尼·拉派拉。他还是不肯和我说话，甚至看都不愿看我一眼。我不怨他。有时我倒希望他砸我一拳，那样我心里多少会好受些。但我知道，他永远不会那么做的。

困扰我的还有另一件事情——或许，我该说，没有困扰，因为它更像一种缺失，而非存在——我过了好一阵子，才明白过来困扰我的究竟是什么。

64

每天夜里，我瘫倒在床上，筋疲力尽。我从来没有这么忙过，连周末也被学校活动和朋友社交填得满满的。我只有星期六早上，才有空去女囚操场转转。

这倒不是说我忙得没空去想艾洛达。恰恰相反:我从早上起床，到夜里上床睡觉，脑海里一直想着她。在寻找母亲这件事上，我的境况比以往更糟糕了：现在让我思念不已的“妈妈”有两个了。

11月的一个星期六，我从女囚操场回到公寓，坐在客厅的沙发上。就这一次，我终于闲下来了，什么也不用做。我独自一人坐在那里，然后我哭了起来。

我也不知道为什么。我并没有什么特别的想法或感觉，眼泪就莫名地掉了下来。并不是号啕大哭，而是轻轻地啜泣。然后，一两分钟过后，就停止了，就像夏天的阵雨，来得快，去得也快。

我从沙发上站起来，出门，爬上死亡之塔。自开学以来，这是我第一次去那里。之前吊在天花板上的、我拿内战时期的剑砍劈过的萨拉米香肠不见了。一排新的香肠，用粗麻袋和绳子捆着，吊在了天花板上。塔顶的空气很冷很冷，冬天快到了。

我站在圆形房间正中央，慢慢地转着，意识到自己来这里是有原因的——这里是我童年熟悉的阁楼，是我的第二个房间。装档案的旧木箱子，刽子手的套索，塞满布娃娃的洗衣盆，“禁止随地吐痰”的标牌……我用手触摸装着托马斯·布朗恩书信的木抽屉。我又打开另一层抽屉，拿出我母亲的鞋。我抱紧它，亲吻它，又把它放回抽屉。每样东西，都和往常别无二致。我一动不动地站在原地，闭上眼睛。或许，如果我不再四处张望，它会主动过来找我。可是，它并没有。

我离开那个房间。刚下到楼梯的一半，我听见了一个声音，似乎是从周围的石墙里传出来的，是一个男人的声音。讲话的语气，熟悉的话语，让我认定那就是托马斯·布朗恩在说：糟糕的时光已经过去。

我停下脚步，又听了一会儿。我把脸贴在青灰的石砖上。但那个声音又消失了，回到了那封信里。

我下楼回到公寓，披上外套走出家门。艾瑞大街上飘起了白色的小雪片。一场小阵雪，还是今年的第一场大雪？时间会给出答案。这一次，我没有奔跑，也没有很匆忙。

一路上，我感觉自己的脚步变得越来越轻盈，仿佛要随雪花一起飞起来了。现在，我明白自己一直在寻找却一直找不到的东西了——忧郁，忧郁和愤怒，将我终身囚禁在一道别人无法打破，甚至连线球也无法飞越的高墙之内。那是我唯一知道的家园和生活。现在，我明白了，当艾洛达把我遣往那个街角时，她其实是将我从自己的囚牢里释放了出来。

这次在街角，我没有放声大哭，也没有扑倒在地，而是静静站在西橡树街203号门前的人行道上，感受我母亲的存在，然后闭上眼睛，小声对她说："糟糕的时光已经过去了，妈妈。过去已经翻篇。现在，我有了未来。我过得很好。"

然后，我往家的方向走去。

65

数个月过去了。

一天，我在课间走廊上的人群里发现了丹尼·拉派拉。我想：够了！我抓住他的肩膀，用力摇晃。“跟我说话，”我请求道，“打我，做什么都行。”我俩就那样站着，围观人群渐渐拥向我们。接着，我俩同时哈哈大笑起来。

数年过去了。初中，高中。

每年8月29日，“监狱小鸟”们都会来到我家的监狱公寓为我庆生，并留宿一夜。

我成了学校曲棍球队的队长。雷吉在高中校园剧《好奇的野人》中担任女主角。

汤米·D 和阿琳娜·霍尔茨分手了。不过，“监狱小鸟”们也不在乎了。那时，我早已不看《美国舞台》了。

忘记从何时起，雷吉宣布，我已经有能力自己打扮自己了。我终于用上了那年夏天雷吉在伍尔沃斯超市买给我的那支口红。

厨师卡尔刑满出狱了，我再也吃不上他做的每周派了。新来的小伙再怎么努力，也做不出那个味道。卡尔出狱那天，我央求他再犯个什么事儿，不大不小的那种，只要能让他重新回到我们监狱来，待到我上大学之前就行。他笑了笑，走出大门，头也不回地离开了。

十年级的一天，我俩一起走出更衣室去上体育课时，雷吉突然拉住我，她握紧我的手，凑到我耳边低声说："谢谢你！"并在我脸颊上亲了一口，接着飞快地跑向运动场。一直到体育课结束时，我才想了起来。原来那天是马尔文·爱德华·贝克的处决日。他们说，他表现得像一个禁欲者，丝毫没有反抗。他们说，当电椅的开关被按下时，岩景监狱的灯光突然忽明忽暗地闪烁起来。有人说，那是安娜玛丽·品托的天使在抖动翅膀。

我在米尔街莫欣角变得和在自家的街区一样舒适自在。和斯特朗一家共进晚餐，成了我每周的固定节目。我爸甚至也过来和我们一起吃了几次饭。谈起那天我"绑架"安德鲁的往事，我们仍大笑不止。小姐姐和我成了挚友。安德鲁成了——现在依然是——我一直以来梦寐以求却不曾拥有过的弟弟。

过往的送奶卡车发出的叮当声，仍会勾起我的注意，不过，次数越来越少了。而且，玻璃瓶装的牛奶逐渐被纸盒装牛奶取代了。

最开心的是，我重新认识了切斯特·奥莱利这个人。

我发现，他不仅仅是一位父亲和一名监狱长。他同时还是个人，有着自己的过往和精彩的人生故事，他有时也很酷。我还发现，当那辆送奶卡车撞上来时，这个家里，不止我一个失去了无可取代的挚爱之人。

我发现，他完全有能力独当一面，把监狱打理得井井有条。所以，我就放手，让他自己去干了。

我发现，随着我渐渐长大，夜越熬越晚。每天我晚上睡觉前，他仍然雷打不动地坐在客厅里那把安乐椅上。我发现，当我对他说“晚安，老爸”并亲吻他的脸颊时，他仿佛成了这个世界上最幸福的人。

我发现，给我取“卡米尔”这个名字的，不是我母亲，而是他。

我发现，我们可以在一起聊天。不拌嘴，不争吵，而是交谈，有说有笑的那种。我们在一起聊得如此畅快，以至于我们花在晚饭上的时间越来越长。那天，我滔滔不绝地向他讲述我的各种痛苦时，我俩从未笑得如此大声。最后，我爸不得不捂住耳朵求饶：“在我最需要安静时，你怎么不能像过去那样，跟我冷战啊？”

我还发现，我爸是个伟大的演员。这么多年过去了，我丝毫没有察觉，原来他一直在等待合适的时机，带给我人生最大的惊喜。

66

那年我十七岁，在读十一年级。那是1月。我们和平常一样，边吃晚饭边聊天。我爸正在给我讲述他小时候在新泽西特伦顿的成长经历。

“我是个小魔头，”他说，“隔三岔五就得去校长办公室‘报到’。我是老师和家长的噩梦。”他在邻居家的狗狗身上画画。八岁那年，他给自己剃了一个莫西干头。我们一致认为，对比他成年后所从事的职业，他年少时的乖戾行为就显得更滑稽了。

由于那会儿我俩好像都陷入了忏悔的情绪里，我决定也坦白一两件旧事。我告诉他，有一次，我把“监狱小鸟”们放进了女囚操场。监狱长先生听了拊掌大笑。

接着，我又说道：“就在那年夏天，有一天，我在艾洛达面前抽了一根烟。就在家里的洗衣间。”

一开始，他脸上一片茫然，我还以为他没听见我的话。他眼睛直愣愣地盯着某处发呆。过了会儿，他放下手中的刀叉，笑着对我说：“我知道。”

我不敢相信自己的耳朵。“不可能，”我反驳道，“你从来没跟我说起过，她又没告诉你。”他默不回答，只是继续微笑着，看着我。我小声问：“难道她告诉你了？”

他点点头：“她告诉我了，她告诉了我所有的事情。”

“但你从来没吼过我，也没把我扔进监狱。”

他把手伸过来，握住我的手：“我猜，你只是试图得到她的关注。”

哇，真是一针见血。我说不出话了。

“有时我在想，”他说，“这一天是否永远都不会到来了。她走了多久了？”一眨眼，一蹙眉，我意识到我生命中有两个“她”。“艾洛达。”他提示道。

我连想都不用想，便脱口而出：“四年多了。爸，你在说啥啊？”

他往后挪了挪身子，离餐桌远点，似乎想让视线更广。我有一种奇怪的感觉，艾洛达似乎就站在我身边，而他正看向她。“她说：‘千万别告诉凯米小姐，除非她自己提起这事儿。’”他回忆着，笑起来，“想想她为我们做的一切，这个条件我还是能答应的。”

“好吧，”我厉声说，“真高兴，你可以接受她的条件。但是，我根本不知道你在说什么。”

“嘿——”他无奈地举起双手，“我只是听命行事。”

“爸。”

“你得答应我一件事情。”

“任何事情都行。快说，是什么？”

“你不会埋怨我过了这么久才告诉你吧？我只是——”

“听命行事。我答应你。快告诉我怎么回事？”

“这件事我琢磨了四年了。一直在想，能否调个顺序。还练习过怎么向你开口。”

“爸！”

于是，他告诉了我。

67

“1959年4月29日。”他说。

我等着下句话，可是他不再说下去了。“好的，”我说，“然后呢？”

“请记住这个日子。”

“1959年4月29日。记住了。”

“好的，先记着。我们待会儿还会回到这一天。”

“好了好了。”

“嗯……她是那年1月开始到我们家当管家的，还记得吗？”

我笑着说：“那头发，那名字。我怎么可能忘记呢？”

“好吧。那我们就……直接进入正题吧。在浴缸里放火，有印象吗？”

我倒吸一口冷气：“她连这个也告诉你啦？”

他装出一副漫不经心的样子，好像在说：那当然，你的一切，我都了解。“有一天，她走进我的办公室。她就这么走进来，对我说了两件事。她说：‘凯米小姐在浴缸里放火了。’接着，她又说：‘我不想只当个干家务的管家。’”

“她那句话是什么意思呢？”我说。

“我当时也这么问她了。她的回答，虽只有简单的四个字，我却一辈子也忘不了：‘她需要我。’”

她需要我。

我不禁打了一个激灵。突然间，我仿佛又回到了十二岁。艾洛达的话如此真实，我似乎能够看见它们，飘浮在我和父亲之间的餐桌上空。他伸出手，触碰我。“我能说什么？她说得对。我已经尽力了，可还是做得不够。倒不是说你很难管。所有小孩都是。你只是……”他停下来，寻找合适的措辞。

我替他说了：“一直闷闷不乐。”

他点点头：“一直闷闷不乐。她也看见了。她说，马上放暑假了，你要一直待在家里，就更需要关注了。”

“她是个聪明女人。”我说。

“而且还远不止如此。是的。当然了，我在让她做管家之前，已经查过她的各项记录。但现在……我把她的过去又彻查了一遍。”

她的监狱记录是清白的。她从未卷入任何麻烦中。他向其他女囚打听过她。她们的说法都一致：她大部分时间都待在静室里。

我从椅子上跳起来。“博博也跟我说过。”我拍拍手，

“爸——它起作用了！”

“好吧……”他好像突然害羞了，“你这么认为，我受宠若惊。”

他到隔壁的市政厅去重读了她的档案。他还和当初逮捕她的巡警聊了聊。从所有这些来源，他拼出了她的过往：一个野孩子，一个双厂镇的噩梦，抽烟，喝酒，成天到晚在街上鬼混，骚扰人群。

直到一天夜里，在铁轨边，艾洛达正和一群朋友在大河路背后的一条巷子里嬉闹狂欢。她随手弹掉了一截还没熄灭的烟蒂，它正好落在都科汽修店门后的一堆沾满油污的抹布上。几分钟内，汽修店就陷入了熊熊火海中。艾洛达吓坏了，火光映在她的脸上。她直接对身边的警察自首道：“是我干的。”

“你开玩笑吧。”我说。

“真的，”他说，“千真万确。巡警当场就把这句话写进了报告里：‘是我干的。’就在那时，我知道我找到了一个可靠的人。”

我惊得说不出话来。“哇。”我们俩一起摇摇头，咯咯笑起来。汉考克郡监狱里还从来没有人（除了博博）说过“是我干的”。监狱里的其他两百多个人都只会说“不是我干的”。

那之后不久，年轻的浪荡不羁的艾洛达就成了我们监狱里的一员。一年有期徒刑，非蓄意纵火。

我还记得：

第一法则。

不再玩火。

他去瑞典大街看望过她的姐姐罗克珊娜。神秘莫测，是她姐姐对她的评价。罗克珊娜说，是的，艾洛达是很野，也有点傻，但她人不坏。她其实说一句“不是我干的”，就可以从很多麻烦中脱身，可她似乎不会撒谎。烧毁汽修店那次她是真的吓坏了，那是她最接近伤害到别人的一次。

我爸向她姐姐说了艾洛达不想只做保洁员的想法，她姐姐没有表现出丝毫惊讶。她每星期都去监狱探望艾洛达（我一直不知道），但她是从妹妹的来信中，了解到艾洛达对我的关心。这很好啊，我爸说，但是为什么，为什么是凯米？

浴缸里放火那件事，罗克珊娜告诉他，这让艾洛达寝食难安。因为正是一场火灾，害得她蹲了监狱。

还有妈妈，她说，她俩也没有妈妈。帕科姐妹在二战中失去了父亲。他是在战场上阵亡的。她们的妈妈去世时，她们还没成年。她是得了肠癌走的。正是从那时候起，艾洛达成了一匹脱缰的野马。连高中都没毕业，经常旷课，不知道去哪里鬼混。等她回到双厂镇时，她已经彻底失控。

艾洛达在信中写道：“我真替她担心害怕，怕她走上我的老路。她让我想起了自己。”

然后，我记起来了：凯米……相信我……我了解你……

我告诉爸爸：“我在变好之前，曾经堕落了好一阵子。”

他点点头："我知道。"

"我过得一团糟，不仅仅是吸烟那件事。"

"我知道。"

"也不仅仅是放火那件事。"

"我知道！"

我俩同时大笑起来，一起笑对很久以前的糟心事。我们握紧彼此的手，一起吹燃回忆的余烬。

"我的生日派对——哦，天哪——"

"我半夜起来上厕所，还以为不得不从熟睡的她们的身体上跨过。结果发现她们都走了！"

"我把雷吉一拳打倒在了地上。我最好的朋友啊！"

"我知道，她妈妈打电话给我了。我也知道你从商店偷东西的事。"

我心一沉。"我一直以为，她没有告诉你。"

"她是没有。警长告诉我的。"

"哦，爸爸——你当初怎么受得了我？我还在公园的棒球场上欺负过一个小孩。你应该听听我对其他小孩都说了些什么。我还揍了我的好友丹尼·拉派拉。我还埋了我的棒球手套。"

"我还在想你的手套哪儿去了。还有你的自行车呢？"

"扔河里了！爸……"突然，我笑不出来了，我忍不住抽泣起来，"爸，我糟糕透了，我真没救了。"

他吻了吻我的手，为我拂去脸上的泪水。他微笑着说：

“不，你很完美。”

这说法真奇怪，我拿起餐巾擤了下鼻子。我抽了抽鼻子说：“什么意思？”

“这件事我想了四年。”他说，“或许你正好是她需要的，算是一揽子交易吧。在治愈你的同时，她也治愈了自己。”

“不只是治愈，爸，”我说，“她拯救了我。”

他点点头：“上帝保佑。”

他走到冰箱边，取出一盒冰激凌。他剜出两勺，放在盘子上端过来。巧克力的是给我的，奶油核桃的是给他自己的。

“爸，”我问，“为什么等了这么久？四年啊，为什么不早点告诉我？”

“我说过了，奉命行事。‘等她自己提起这事儿。’”

“行啊。”我说，“但为什么？为什么要等？”

他思考了片刻。“我想，她是想保持一定距离，在你和她和那个夏天的事情之间。”

距离。

我想起她在公寓里悄无声息地走动，没有笑声，也不说话，冷静、冷淡。除了那几次难得的例外。

“你都知道的，是吗？”我说，“所以我才在洗衣间里吞云吐雾。我就想激怒她，让她对我表现出一点感情来，骂骂我也是好的。可她却表现得好像根本没注意到我的存在似的，或者说一点也不关心。”

“结果是一个大骗局。她注意到了，她很关心你。”

“‘叫我凯米。’我过去常对她说。我讨厌她叫我‘小姐’。”

他吃了一大口冰激凌。“连我都告诉过她，可以适当地流露感情，可她就是不听。她知道你已经崩溃。她想治愈你，让你越变越好；而不是干扰你，夹在你和你母亲之间。她不想让你把她当成妈妈。”

哈！我想。这件事上，你确实搞砸了，艾洛达。

“所以，不能表现得太亲密。”我说。

“是的，不能太亲密。”他说。

一个疑问在我心中出现，让我有点不悦。我想，我知道答案了，但我还是需要从别人口中听到。“所以……爸……你说一揽子交易，让我俩都得到治愈。所以到头来，我只是帮助她走出阴影、重新做人的手段吗？一个监狱改造项目？”

他给出一个隐秘的微笑。“听我讲完，再看看你还会不会这么想。”

“还没完？”

“嘿，我告诉过你，我只是在预热。把最精彩的部分留在最后。好的小说家，不都是这么干的吗？”

“是啊，老爸，”我说，“那叫高潮。”

“只不过有一个问题。”他说。

“什么问题？”

“你一定不会相信的。”

68

他放下勺子。他探过身子，看着我的眼睛。“好了，”他说，“还记得，我告诉过你，她来我办公室了吗？”

“当然记得，”我告诉他，“十分钟前，你刚刚说过。她说她不想只当个干家务的管家。你问她为什么，她说：‘她需要我。’”

他点点头：“很好。还有一个问题，我让你记住的是哪一天？”

“1959年，4月29日。”我说。有那么一刻，我傻傻的，像个一年级小学生似的，感到无比自豪。

“非常好，优秀！”

“谢谢夸奖，”我很配合地说，“现在你该告诉我为什么让我记住这个日期了吧？”

“因为……”他慢吞吞地说，显然还在回味这条他等了四年才终于可以拿出来分享的信息，“那天，她的时间到了。”

在我的记忆中，接下来的沉默似乎持续了好几小时。当然，实际上只持续了短短几秒。但在此期间，我的脑筋在狂转，试图厘清爸爸刚刚说的话。这条信息需要接入我的世界，可我的世界里没有预留它的位置。所以，我拒接了。接着，我问了一个很呆的问题："什么时间到了？"

"服刑时间，"他说，"刑满释放，她自由了。就是这部分，我之前一直没告诉你。当她4月走进我办公室，说自己不想只做个干家务的管家时，她还有几个星期就可以出狱了。"

"爸！不会吧！"他一定是搞错了，"她整个夏天都在这里啊。"我敲敲桌子，"就在这儿。我亲眼瞧见她每天回自己的囚室，每天晚上洗完晚餐的盘子后都会回去。"

他点点头，露出赞同、鼓励的表情，让我自己想明白。

"我那天早上醒来——那个9月的早晨——她不见了。我问你她去哪儿了，你说'出狱了'，你说'刑满释放了'。"

点头。

"现在你又跟我说，她那个夏天，其实根本不用在这儿？因为4月，她就已经可以回家了？和鸟儿一样自由了？"

点头。

"你是说，一个犯人，主动请求在监狱里多待四个月？"

点头。

"好吧，你说得对，"我说，"我真的难以相信。"

他沾沾自喜地笑了。接着，所有的表情都从他脸上消失了，只剩下庄重。他紧盯着我的眼睛，用无比坚定的语气对我说：“请一定要相信。”

我不得不站起身，来回走动。我的脚步，无比沉重。我走到客厅，瘫坐在沙发上。过了会儿，又折返回来。

“我之前一直都不知道。”

“就是要把你蒙在鼓里。”

“但哪有人这么做的。”

“这个人刚好被你碰到了。”

“爸爸，她就住在瑞典大街上，离这儿只有几个街区。她完全可以每晚回家休息。”

“我也这么跟她讲的，”他说，“她只说，她想留下来，和你完整地共度那个夏天。对她来说，好像特别重要——和你待在一个屋檐下，治愈你，也治愈她自己。”

我试图从常识的角度想出其他理由来辩驳，但实在想不出。我已无力抗辩。我感到自己快倒下了。我赶紧抓住桌角，以防摔跤。“所以说，她待在监狱里……”

我已经跪在了椅子上。

“……放弃自由……”

“说吧，凯米。”

“……是为了我。”

他闭上眼睛，一个沉重的包袱似乎终于从他的肩上卸了下来。他说：“没错。”

为了我。

艾洛达·帕科，从前的一名犯人，一位橘红色头发的天使，曾经为了照顾我，自愿延长坐牢时间。

我一屁股坐了下来，被整件事情惊得目瞪口呆、哑口无言。

我的冰激凌早已化成了一摊巧克力水。

等我终于缓过神来，我对父亲说："既然你什么都知道，那么我猜，你肯定知道，她最后一晚是和我一起度过的。她给我挠背，握着我的手，"我快哽咽了，"还吻了我。"

他脸上的表情告诉我，他并不知情。"不知道。"他说，"不过，我很高兴她这么做了。"接着他又补充道："至少有那么一次，她不再那么冷淡，不是吗？"

我摸了摸脸颊上她亲吻的地方。"她从没跟我说过再见。"

"好吧，现在看来……"他说着，站起了身，"或许她已经道过别了，某种意义上。"他离开厨房，过了一会儿，手里拿着某样东西回来了。熟悉的红色，金色。

我立马想起来了。"她的日记本！我送给她的生日礼物，我还以为她扔掉了。"

"我知道。"他说。他把它摆在我面前。

"怎么会在你这里？"

"她寄给我的。她说我可以随便看，但我一直没看过。

‘时机成熟了，再交给她。’她说过。”

红色封面看上去崭新崭新的。我用手指摩挲着上面烫金的大字——“日记本”。我出神地盯着那把小小的金钥匙。虽然我很好奇，可还是忍不住觉得自己像个入侵者，就像在博博的葬礼上那样。

父亲体察到了我的不适。“它是你的了，她想让你阅读并保管它。”

我试着打开封面，原来日记本根本没有上锁。我手指颤动着，翻开了第一页。

艾洛达

1959

6月24日

上周，我过生日，凯米·奥莱利小姐送了我这本日记。我之前从没写过日记，真不知道该怎么写，可她希望我写。

6月25日

我每天早上帮奥莱利小姐梳辫子。她是个假小子，头发很短，连一个麻花结都很难扎起来。

6月27日

想想她在浴缸里放火，我还是忍不住后怕。所以那天我去见了她爸，告诉他我想留下来。她没有妈妈，我也没有妈妈。她爸已经尽力了，可他不可能时时刻刻守在她身边，她需要一个人来照料她。我想到我自己和我干过的事情。我这样的人怎么可以做那个照料她的人呢？但我想试试。

6月28日

我在她房间里发现了烟蒂，她想让我以为她在吸烟，想引起我的关注。一开始，我没明白过来，所以现在我得小心了。我提醒自己，我的工作不是让她喜欢上我，而是帮助她变得坚强独立，不像现在这样动不动就难过、生气。我希望有人教教我该怎么做。我让她误以为，我没有把烟蒂的事情告诉她爸。

6月29日

我的服刑期早已经结束了。其实我两个月前就已经自由了。可是除了我姐和监狱长，其他人都还以为我是个犯人。前几日晚饭后，我从公寓里出来，差点儿就直接从前门走了出去，忘了要回囚室。我猜，我慢慢开始相信自己是个自由人了。

6月30日

我姐今天来探望我时，我告诉她我在这儿待到9月7日就结束了。那天是凯米小姐暑假的最后一天，我得在那之前完成我的任务。我交代罗克珊娜把东西打包收拾好，随时准备离开。她一定觉得我疯了。

7月3日

凯米小姐最好的朋友雷吉今天上《美国舞台》了。客厅里充满了女孩们的欢笑声。看见她开心大笑，真好。

7月4日

我很想念公园的烟花大会。我可以去看的，我已经自由了。这是我在监狱这段时间以来最难熬的一个夜晚。

7月10日

罗克珊娜今天来看我，她告诉我，奥莱利先生4月的时候去拜访过她。他不敢相信我是认真的：为了帮助他女儿，甘愿继续待在监狱里。她告诉他我虽不完美，但从不撒谎。

7月14日

今天一个小男孩来公寓玩，他很可爱。我很高兴，他俩能玩到一起。但我不得不训斥她，她不该让那么小的孩子觉得监狱好玩。

7月17日

她让我很感动，这正是我不愿看到发生的事。或许，我心里是愿意的？她想让我叫她凯米，不加“小姐”二字。但我必须谨慎，我不能让她太过依恋我。她还不知道，夏天结束时，我就得离开了。

7月19日

她从来不提自己的母亲。

7月24日

她在塔顶待了好几小时。她在干什么？她哭了吗？她呼唤她母亲的名字了吗？她老是生气。说实话，我反倒喜欢她生气，因为另一种状态更糟糕——什么都没有的状态。她的眼神空荡荡的。她爸告诉我，他们经常一起去墓地，但出事地点，她从来没有去过。

7月25日

她讲了许多关于博博·邓巴的事情。所有犯人里，她似乎最喜欢博博。

7月26日

凯米小姐这周都住在朋友雷吉家，她们在一起读雷吉的粉丝来信。我白天独自一人待在公寓里，我一直在想她。她想让我当她的妈妈。她使尽花招，骗我这么做。有一天，她假装大哭，好让我过来抚慰她。她的演技实在太糟糕了。我忍不住对自己说，别笑。

7月27日

我想，我对她眼神的看法有误。我以为她的眼神是空洞的，其实不然，她的眼睛一直在观察，在寻找。她在找妈妈，她在我身上寻觅妈妈的影子。我真想告诉她，她找错地方了。

7月28日

我知道她为什么让我帮她梳头了，她想借此机会和我交谈。于是我尽量慢慢地梳。就扎那么一个麻花结，竟花费那么长时间，我自己都感到吃惊。

7月29日

还有一个月，凯米小姐就要过生日了。她告诉我，她想举办一个派对。她邀请了“监狱小鸟”们，那是她的朋友们给自己起的一个名号。我会和卡尔商量生日蛋糕的事情，我想让她的生日变得特别。今天，有人在外边拉横幅示威。他们都憎恨我们最有名的犯人马尔文·爱德华·贝克，是他杀害了品托家的姑娘。

8月1日

有时我深夜坐在牢房里，盯着墙壁，问自己为什么要这么做。难道是因为她没有母亲，和我一样吗?

8月3日

我真希望她的头发和故事里塔上那个女孩的一样长。这样，我就可以让我们的聊天时间延续几小时。

8月4日

该如何寻找一个从不认识的人呢?

8月7日

今天，我给凯米小姐梳头时——她的头发还是太短，扎不了丝带——她问了我关于“斯普特”什么的事情。它虽在空中飞，却不是飞机。它像月球一样围绕着地球旋转，却比月球小得多。它是苏联人发射到天上的。是博博·邓巴告诉她这件事的。

8月9日

怎么找到一个你不记得的人呢？

8月10日

今天早上，给她梳好辫子，她就出门了。我正在给她整理床铺。她离开前，大喊了一声：“我走了！”我站在她床边，手里拿着枕头，哭了。那是多么微不足道的一个瞬间。“我走了！”这句话，是家人之间的对话，是孩子说给父母听的话。

8月11日

今天，凯米小姐竟替我出头撑腰！她朋友在抽烟，我让她把烟熄掉，她说这又不是你家，凯米小姐说：“是的，这里就是她的家。”我真想给她一个拥抱。她俩后来吵了起来，因为她朋友想让马尔文·爱德华·贝克在一张照片上签名。

8月13日

今天发生了一件很可怕的事情。早上还好好的。凯米小姐出门去冰激凌店买香蕉船吃。我敢肯定，她心情很不错。她直到回来后，才知道发生了什么。博博·邓巴在浴室里上吊自杀了。监狱上下，一片震惊。

8月14日

她不停地在讲一个叫德兰西的人。她说德兰西准备娶博博为妻，她说她一定要找到德兰西，告诉他博博的遭遇。我很怕告诉她真相：其实根本没有德兰西这个人。

8月15日

生日派对上，我想准备一个那种吊在天花板上的袋子，小孩子们蒙上眼睛，拿一根棍子，一戳袋子，就会撒出很多糖果来。她那天心情会好点吗？

8月16日

她一整天都待在塔上。我很纠结。我想把她抱在腿上，摇晃着，哄她入睡。但我又不敢和她太亲近。

8月17日

她去城里参加了博博的葬礼，骑车去的。路上下雨了。她回到家，浑身湿透了。我在厨房里脱掉了她身上的湿衣服，用洗碗巾给她擦干身子。她一直神情恍惚。我很感激这场雨，给了我一个照顾她的机会。

8月18日

她又在塔上待了一整天。

8月20日

我想我做错了一件事。她最近一直很伤心，默默不语的。我想听她开口说话，想让她恢复点生气。于是今天早上给她编辫子前，我给她泡了一杯咖啡。这招起作用了，她跟我说话了。她把博博跟她讲过的事情，全部告诉了我。我真不忍心听下去。我相信，她必须面对生活的真相，这是唯一的办法。即便如此，我还是不忍心告诉她全部，所以只讲了一件事情。我告诉她，其实根本没有德兰西这个人。她冲我尖叫，跑出了家门。我很怕她会恨我。

8月21日

我问巴特费尔德太太，能否从镇上帮我买些生日派对装饰品。我说我要给她钱，可她坚决不收。

8月22日

巴特费尔德太太从伍尔沃斯超市给我买了一个很棒的装饰品，是一条可以挂满整个房间的标语，上面写着“你长成少女啦！”。做着这一切，我也乐在其中。我不用伪装，也无须把话憋在心里。我做这一切，都是为了凯米。

8月23日

她这些日子，要么整天待在塔上，要么整天在外骑自行车。她爸很担心，我也很担心。每天早上，她仍然让我给她梳头，却一言不发的。她头发长长了，可以扎成两个结了。等她的头发可以扎成三个结时，我应该就不在了，可我不知道该怎么向她开口。

8月25日

四天后就是她的生日。万事俱备，只差一事——我还没想好该送她什么礼物。我已经想了好几个星期了。我想给她一件特别的礼物，但又不能太贵，我没办法去中心商业街上采购。因为除了我姐姐罗克珊娜和监狱长，全世界都以为我还是一名犯人，一名真正的犯人。

8月27日

我知道该送给她什么啦!!! 我让罗克珊娜从家里带了一条她的旧丝巾，那条绿色的丝巾。反正她也不会心疼，她有很多条丝巾。我会搞来一个纸盒，从厨房抽屉里弄一把剪刀，再问她爸要一些包装纸。你这本幸运的日记啊，瞧你主人有多聪明！不过，我不打算告诉你到底是什么礼物。

8月28日

她的生日就在明天，或许它来得正是时候，或许“监狱小鸟”们能够让她恢复往日的活力。她每天早上坐在凳子上等我给她梳头，然后骑车出门，回来后就待在塔上。她完全成了一个迷茫无助的小女孩。我和她一样伤心难过，因为我帮不了她。在我脑海里，不停出现她被抛向空中，坠落在西橡树街人行道上的画面。

8月29日

今天早上，我把礼物给了她。她一脸惊讶，说了声“谢谢”，却没拆开礼物。我把它放在了咖啡桌上。我一整天都在忙前忙后地为派对做准备。她还没从迷雾中走出来。她从“你长成少女啦！”的标语下走过，却好像没发现它。当我忙完准备离开时，“监狱小鸟”们噔噔噔地跑上了楼梯。

8月30日

我有点儿迷惑。今天早上到达后，我本以为会看见屋里到处躺着熟睡的女孩们，却发现一个人也没有。连凯米小姐也不在。但吊起来的袋子已被砸碎——糖果撒得遍地都是。后来，凯米小姐回来了，她站在我面前，抽了一根烟。我假装不在意。

9月1日

她像变了一个人似的。迷雾散去了。现在，她的眼里多了一丝狂野，但还是不怎么说话。我给她梳完辫子，她就离开了，直到很晚才回来。生日礼物还摆在咖啡桌上，还没拆开。

9月3日

我为她感到害怕。我对不起她。

9月4日

今天，我正在吃午饭，一个警官把她送了回来。她在伍尔沃斯超市行窃时，被逮了个正着。他们说，看在她爸的面子上，不会起诉她。她爸想让我一五一十地把一切都告诉他，可我根本没法开口。她的状况比以前更糟了。

9月5日

我知道她需要什么。她需要去那里，和她母亲说说话。我母亲去世时，我已经不是个婴儿了。可她还是。我对自己的母亲还有记忆，还有牵绊。可她没有。仅仅去墓园是不够的。

9月9日

我在监狱的最后一天，我发现她前天晚上没脱衣服就直接睡了。凌晨三点，塔上值班的守卫发现她独自一人躺在操场上。她爸把她抱回了床上。她醒来后，和我大吵了一架。她叫我“用人”。我以为她会打我。她不知道，我们在一起的时间不多了，第二天就要结束了。她尖叫、哭泣的时候，我告诉她，去事故发生的地方看看吧，去找回她的母亲，找回她自己。她离开了很长时间。等她回来后，我在她身边，照顾她。我不再伪装。我把她安顿在床上，挠她的背，她很享受。她紧紧抓住我的手不放。我陪她待了一夜。早上，我把生日礼物搬进了她房间。然后，我就离开了公寓。我走了，再也不会回头了。彻底走出了监狱，离开了她。罗克珊娜驾驶着搬家的卡车。我们才离开双厂镇两百公里，我就已经开始想念她，渴望重回监狱陪伴她。但我们两个人都必须告别过去，继续前进了。我祈祷，我们都已准备好迎接未来。哦，亲爱的日记，我再也见不到她了。凯米，凯米，不加“小姐”二字，正如你所愿。

凯米

2017

她十二岁了。艾丽，我的外孙女。这一刻，我已经等了五十年。从遇见她外公前，我就一直在为此刻筹划着。

我们站在艾瑞大街的人行道上，古老的城堡屹立在我们面前。她的反应和我期望的一模一样。她睁大眼睛，张开嘴巴，一脸震惊。

待她终于开口说话，她的声音里满是惊奇："外婆……我……我一直以为，这一切都是你编造的，就像一个睡前故事。"她的手摸索着，握紧我的手问："那就是死亡之塔？"

"正是。"我告诉她。

"萨拉米香肠房呢？"

"就在塔顶，那几扇窄窗后。"

她把身子缩进我怀里。"外婆。"她好像快要哭了，但很快又恢复了正常，她拉起我，"快点！"

我们快步向前走去，穿过大门。门上的标牌写着"双厂镇鸟类和自然中心"。

她跑过接待厅——如今成了纪念品商店——奔上楼梯，来到我家的老公寓。那扇巨大的杆锁门已经不在了。

我气喘吁吁地跟在她后面，上了楼梯。客厅现在改成了一间办公室。一名年轻人正坐在电脑后办公，没理睬我们。艾丽兴奋地从一个房间蹿到另一个房间，大声喊着："这是哪里？"

只有浴室还是从前的样子。我用声音指证着过去：是的，它们曾经存在过。“厨房！……曾外公的房间！……我的房间！”

这会儿，她又开始往塔顶爬去。她回头冲我大喊：“这里是空的！刽子手的套索不在了！”

我听见她在上面一边蹦蹦跳跳，一边叽叽喳喳地叫着，假装把滚烫的沥青泼洒在入侵敌军的头上。

“外婆——我想我从这里可以看见卡玛里奥！”

“可能吧，”我喊道，“如果你一直往西边看的话。”

我们是从加州过来的。我已经将近半个世纪没回这里了，记忆正如潮水般涌来。

她脸红通通的，气喘吁吁地向我扑来。直到十分钟前，我才意识到，原来这些年，我对她讲的话，她并不是字字都信。

她的眼睛似乎变大了一圈，假如有那个可能的话。它们扫视着房间的角角落落。她突然看到了它。她知道自己身处何处。她指向它：“那个大字标语——那条横幅——之前就在那儿吗？”

“你长成少女啦！”

她在我前面蹦蹦跳跳的。“外婆！外婆！求你了！”她双手做出祈祷的姿势，“告诉我你真的那么做了。你真的在生日派对上把‘监狱小鸟’们给轰走了。”

我点点头：“一个不留。”

她发出喜悦的尖叫声，引得电脑后办公的年轻人不满地转过头来。我的监狱故事里，她最喜欢听的就是这一段。她爬上一把折叠椅，立马把那里变成了舞台。她手指戳向大门方向，皱着眉，怒吼道："出去！你！你！你！出去！都给我出去！"

我们一起捧腹大笑。我的外孙女很是风趣幽默，人见人爱，脾气也好。我每天都很感激她的性格不像我。

她走在我前面，下楼梯时，她突然停下来，转身对我说："猪鼻子！"

她从小到大都在听我讲玉米肉饼。

"那是早饭才吃的，"我提醒她，"明天早上吧。"

之后，我们就得乘飞机返回卡玛里奥了。她第二天还有一场少年棒球联盟的比赛要打。她在蓝袜队打球，是个游击手。

她扯了一下我系在手腕上的绿丝带。"到时，你会跟我讲它的故事吧？"

我从来没有告诉过她艾洛达的事情，至少没有直接点名道姓地讲过。我想等她长到我当时的年纪，再告诉她。她也知道我有所保留，并且是和我动身前往机场后就一直戴在手腕上的那条褪色的绿丝带有关。

我点点头："一切终会揭开。"

她拍拍手说："好哇！"一蹦一跳地下了楼梯。

我带她穿过女囚牢房，来到更加宽敞的男囚牢房。女囚牢房，如今已经改成了学校展示教学活动的场地。艾丽在各个展区之间轻快地穿梭——鸟鸣园，宾州猛禽，鸟类救护——而我的心思却早已飘离了此时此地……六十多年前，守卫打开大门，我冲进牢房里，迫不及待地告诉父亲我的重大发现：我母亲可能还活着，她变成了天使，活在一个叫作天堂的地方……而我根本无法理解，为何我的喜悦，却惹得父亲难过伤心，让他言不由衷地说出了一句带着讽刺的话：“当然了，凯米。”我那年九岁，直到很多很多年过去了，直到他去世之后，我才终于找到可以反驳他的话：是的，老爸，世间确实有天使存在，我对此深信不疑，因为那年夏天，就有一位天使陪伴着我，拯救了我，给了我第二次生命。

我的外孙女吹着口哨，向我扑来，她说，她模仿的是草地鹨的叫声，说着，她又跑开了。艾丽，我真高兴，我女儿安妮，把给她唯一的孩子取名字的权利给了我。

艾丽跑回来时，眼睛瞪得大大的，眼神充满渴望地拽着我的胳膊喊：“外婆——你快过来！你必须过来！”

你必须

她的话，落进了我心里。

你必须
你一定要

托马斯·布朗恩信中最后一句话，那句未说完的话，那神秘而撩人的不完整。

我还没反应过来，就被艾丽拖拽着，穿过拥挤的展区，走出从前的牢房。这会儿，我听见了熙攘嘈杂的声音，小孩子们开心的笑闹声。

我们转过一处拐角，声音更大了。再转过一处拐角……蝴蝶！蝴蝶翩翩飞舞，停落在小孩子们的胳膊、头上、指尖，逗得他们连连尖叫。

“是蝴蝶屋！”艾丽得意地宣布。

“是从前的静室。”我说。

她大吃一惊道：“就是你和博博谈心的地方！”

我点点头，一时说不出话来。我们坐过的凳子，还在那儿，已经固定在了水泥地板上。玻璃天花板外，天空似第二层屋顶。水流仍从手推车上倾泻而下。我微笑着看着那些快活尖叫的孩子们。这间静室，现在可一点儿也不安静。

有些小孩学得很快。他们如雕塑般，一动不动地站着，等着蝴蝶飞来。有些小孩则追着蝴蝶，到处跑。我想告诉他们：停！别跑了，它们自然会过来找你的。

我被这座快乐的房间里洋溢的活力与美好感动了。这些蝴蝶，这些孩子——一切的一切都这么……属于此时此地。没有五分钟前，没有昨日，没有明天。只有，光辉灿烂的此刻。终于，我解开了长久以来的疑惑。

你一定要

现在

你一定要

托马斯·布朗恩，我会照你说的做。我会把记忆留给你，把它们留给你，然后快乐地跃向句子的终点。那未完的句子，也并非表面上的那般空白。因为现在，我明白了你要说什么：留意眼前的蝴蝶。难道不是吗，托马斯·布朗恩？停下，留意眼前的蝴蝶。

艾丽正冲着我微笑，我知道，她的笑里别有意味，而她的目光，正从我的脸上移到……啊……一只超大的蝴蝶，有我的半只手掌那么大，停落在了我的肩头。我伸长脖子去看。它的翅膀是最美丽的蓝色，点缀着黑色的底纹和黄色的斑点。

“外婆——”她轻声说。

我让她住声：“嘘。”

静室里，时间仿佛静止了，环绕着我们：我，蝴蝶，和艾丽惊讶的脸。

另一只漂亮的蓝蝴蝶出现了，和我肩膀上的那只一模一样。它从我们头顶上翩跹而过。艾丽全神贯注地只顾看我，没看见它。我使了个眼色。“瞧……”

她瞧了。她看见了。“哦，外婆——”

“嘘。别动。”

她忍不住了。“快来……快来……”她叫着，挪动肩膀，似乎在准备，在邀请。

“别动……别动……”我小声说，“它会来找你的。”

它确实来了。

致谢

艾伦·亚当斯起初是作为一个读者进入我的生命的。后来她成了我的挚友，成了我创作灵感的来源。就像这个故事中的叙述者，艾伦·亚当斯也曾在监狱待过：她是一位真正的监狱长的女儿。艾伦，我恐怕你从这本书里找不到多少自己的影子，但事实上：没有你，就没有凯米·奥莱利，没有这个故事。不久，我们将在诺里斯敦再次相聚，一边吃着潜艇三明治（我要重辣口味的），一边庆祝我们的新书出版。

其他人，同样值得我由衷感谢：林奇·巴特森，贝姬·吉尔伯特，鲍勃·霍普，杰夫·詹姆斯，凯蒂·詹姆斯，利娅·詹姆斯，多蒂·利布，凯·林道尔，皮特·皮诺克，格伦·里特，戴夫·韦策尔；我优秀能干的文学经纪人比尔·赖斯；这本书的编辑们——卡伦·谢尔曼，玛丽安娜·科恩和阿尔蒂·贝内特；一直在偷偷给我讲故事的南希·欣克尔和南希·西斯科；以及我的妻子、第一读者和最好的朋友——艾琳。